Best Time

白 马 时 光

人间快乐
杂货铺

丰子恺 著

百花洲文艺出版社
BAIHUAZHOU LITERATURE AND ART PRESS

图书在版编目（CIP）数据

人间快乐杂货铺 / 丰子恺著 . — 南昌：百花洲文艺出版社，2023.5
ISBN 978-7-5500-5123-2

Ⅰ . ①人⋯ Ⅱ . ①丰⋯ Ⅲ . ①散文集－中国－现代
Ⅳ . ① I266

中国国家版本馆 CIP 数据核字（2023）第 039202 号

人间快乐杂货铺
RENJIAN KUAILE ZAHUOPU

丰子恺　著

出 版 人	陈　波
出 品 人	李国靖
特约监制	梁　霞
责任编辑	黄文尹　程昌敏
特约策划	朱　敬
特约编辑	樊新乐　孙　岩
营销编辑	高庆成
封面设计	WONDERLAND Book design 仙境 QQ:34458193
版式设计	彭　娟
封面绘图	诗人的小屋猪小乐
出版发行	百花洲文艺出版社
社　　址	南昌市红谷滩区世贸路 898 号博能中心Ⅰ期 A 座 20 楼
邮　　编	330038
经　　销	全国新华书店
印　　刷	三河市金元印装有限公司
开　　本	880mm×1230mm　　1/32
印　　张	7.75
字　　数	180 千字
版　　次	2023 年 5 月第 1 版
印　　次	2023 年 5 月第 1 次印刷
书　　号	ISBN 978-7-5500-5123-2
定　　价	52.80 元

赣版权登字：05-2023-58

发行电话　0791-86895108　　　　　　　网　址　http://www.bhzwy.com
图书若有印装错误，影响阅读，可向承印厂联系调换。

目　录

卷一　初步人间，万事可乐

002　……　儿戏

004　……　竹影

008　……　蝌蚪

016　……　尝试

020　……　蛙鼓

026　……　贺年

032　……　葡萄

037　……　寄寒衣

042　……　有情世界

047　……　美与同情

卷二　如父如子，黄金时代

052 …… 我的母亲

056 …… 送考

061 …… 忆儿时

067 …… 梦痕

072 …… 作父亲

076 …… 儿女

081 …… 给我的孩子们

085 …… 从孩子得到的启示

088 …… 送阿宝出黄金时代

093 …… 华瞻的日记

卷三 万物有灵，众生有情

100 …… 沙坪小屋的鹅

105 …… 蜜蜂

108 …… 阿咪

112 …… 养鸭

116 …… 放生

120 …… 杨柳

124 …… 梧桐树

卷四　山水之间，怡然自得

128 …… 春

132 …… 山水间的生活

136 …… 赤栏桥外柳千条

141 …… "艺术的逃难"

148 …… 山中避雨

151 …… 钱江看潮记

155 …… 扬州梦

卷五　人间一趟，快乐生活

162 ······　家

168 ······　闲居

171 ······　沙坪的酒

175 ······　湖畔夜饮

180 ······　塘栖

183 ······　吃酒

188 ······　胡桃云片

191 ······　甘美的回味

卷六　这样人生，如此安好

198 …… 晨梦

201 …… 生机

205 …… 世间相

213 …… 秋

217 …… 渐

221 …… 大账簿

226 …… 初冬浴日漫感

229 …… 学会艺术的生活

232 …… 随感十三则

小孩子真是人生的黄金时代！我们的黄金时代虽然已经过去，
但我们可以因了艺术的修养而重新面见这幸福、仁爱而和平的世界。

儿戏

楼下忽然起了一片孩子们暴动的声音。他们的娘高声喊着："两只雄鸡又在斗了，爸爸快来劝解！"我不及放下手中的报纸，连忙跑下楼来。

原来是两个男孩在打架：六岁的元草要夺九岁的华瞻的木片头，华瞻不给，元草哭着用手打他的胸；华瞻也哭着，双手擎起木片头，用脚踢元草的腿。

我放下报纸，把身体插入两孩子的中间，用两臂分别抱住了两孩子，对他们说："不许打！为的啥事体？大家讲！"元草竭力想摆脱我的手臂而向对方进攻，一面带哭带嚷地说道："他不肯给我木片头！他不肯给我木片头！"似乎这就是他打人的正当理由。华瞻究竟比他大了三岁，最初静伏在我的臂弯里，表示不抵抗而听我调解，后来吃着口声辩："这些木片头原是我的！他要夺，我不给，他就打我！"元草用哭声接着说："他踢我！"华瞻改用直接交涉，对着他说："你先打！"在旁作壁上观的宝姐姐发表意见："轻记还重记，先打吭道理！"背后另一人又发表一种舆论："君子开口，小人动手！"我未及下评判，元草已猛力退出我的手臂，突然向对方袭击。他们的娘看我排解无效，赶过来将元草擒去，抱在怀里，用甘言骗住他。我也把华瞻抱在怀里，用话抚慰他。两孩子分别占据了两亲的怀里，暴动方始告终。这时候"五香——豆腐干"的叫声在后门外亲切地响着，把脸上挂着眼泪的两孩子一齐从我们的怀里叫了出去。我拿了报纸重回楼上去的时候，已听到他们复交后的笑谈声了。

　　但我到了楼上，并不继续看报。因为我看刚才的事件，觉得比看报上的国际纷争直截明了得多。我想：世间人与人的对待，小的是个人对个人，大的是团体对团体。个人对待中最小的是小孩对小孩，团体对待中最大的是国家对国家。在文明的世间，除了最小的和最大的两极端而外，人对人的交涉，总是用口的说话来讲理，而不用身体的武力来相打的。例如要掠夺，也必用巧妙的手段；要侵占，也必立巧妙的名义。所谓"攻击"也只是辩论，所谓"打倒"也只是叫喊。故人对人虽怀怨害之心，相见还是点头握手，敷衍应酬。虽然也有用武力的人，但"君子开口，小人动手"，开化的世间是不通行用武力的。其中唯有最小的和最大的两极端不然：小孩对小孩的交涉，可以不讲理，而通行用武力来相打；国家对国家的交涉，也可以不讲理，而通行用武力来战争。战争就是大规模的相打。可知凡物相反对的两极端相通似，或相等。国际的事如儿戏，或等于儿戏。

竹影

　　吃过晚饭后，天气还是闷热。窗子完全打开了，房间里还坐不牢。太阳虽已落山，天还没有黑。一种幽暗的光弥漫在窗际，仿佛电影中的一幕。我和弟弟就搬了藤椅子，到屋后的院子里去乘凉。天空好像一盏乏了油的灯，红光渐渐地减弱。我把眼睛守定西天看了一会儿，看见那光一跳一跳地沉下去，非常微细，但又非常迅速而不可挽救。正在看得出神，似觉眼梢头另有一种微光，渐渐地在那里强起来。回头一看，原来月亮已在东天的竹叶中间放出她的清光。院子里的光景已由暖色变成寒色，由长音阶变成短音阶了。门口一个黑影出现，好像一只立起的青蛙，向我们跳将过来。来的是弟弟的同学华明。

　　"唉，你们惬意得很！这椅子给我坐的？"他不待我们回答，一屁股坐在藤椅上，剧烈地摇他的两脚。椅子背所靠的那根竹，跟了他的动作而发抖，上面的竹叶发出萧萧的声音来。这引起了三人的注意，大家仰起头来向天空看。月亮已经升得很高，隐在一丛竹叶中。

竹叶的摇动把它切成许多不规则的小块，闪烁地映入我们的眼中。大家赞美了一番之后，我说："我们今晚干些什么呢？"弟弟说："我们谈天吧。我先有一个问题给你们猜，细看月亮光底下的人影，头上出烟气。这是什么道理？"我和华明都不相信，于是大家走出竹林外，蹲下来看水门汀上的人影。我看了好久，果然看见头上有一缕一缕的细烟，好像漫画里所描写的动怒的人。"是口里的热气吧？""是头上的汗水在那里蒸发吧？"大家蹲在地上争论了一会儿，没有解决。华明的注意力却转向了别处，他从身边摸出一支半寸长的铅笔来，在水门汀上热心地描写自己的影。描好了，立起来一看，真像一只青蛙，他自己看了也要笑。徘徊之间，我们同时发现了映在水门汀上的竹叶的影子，同声地叫起来："啊！好看啊！中国画！"华明就拿半寸长的铅笔去描。弟弟手痒起来，连忙跑进屋里去拿铅笔。我学他的口头禅喊他："对起，对起，给我也带一支来！"不久他拿了一把木炭来分送我们。华明就收藏了他那半寸长的法宝，改用木炭来描。大家蹲下去，用木炭在水门汀上参参差差地描出许多竹叶来。一面谈着："这一枝很像校长先生房间里的横幅呢！""这一丛很像我家堂前的立轴呢！""这是《芥子园画谱》里的！""这是吴昌硕的！"忽然一个大人的声音在我们头上慢慢地响出来："这是管夫人的！"大家吃了一惊，立起身来，看见爸爸反背着手立在水门汀旁的草地上看我们描竹，他明明是来得很久了。华明难为情似的站了起来，把拿木炭的手藏在背后，似乎害怕爸爸责备他弄脏了我家的水门汀。爸爸似乎很理解他的意思，立刻对着他说道："谁想出来的？这画法真好玩呢！我也来描几瓣看。"弟弟连忙拣木炭给他。爸爸也蹲在地上描竹叶了，这时候华明方才放心，我们也更加高兴，一边描，一边拿许多话问爸爸：

"管夫人是谁？""她是一位善于画竹的女画家。她的丈夫名叫赵子昂，是一位善于画马的男画家。他们是元朝人，是中国很有名的两大夫妻画家。"

"马的确难画，竹有什么难画呢？照我们现在这种描法，岂不很容易又很好看吗？""容易固然容易，但是这么'依样画葫芦'，终究缺乏画意，不过好玩罢了。画竹不是照真竹一样描，须经过选择和布置。画家选择竹的最好看的姿态，巧妙地布置在纸上，然后成为竹的名画。这选择和布置很困难，并不比画马容易。画马的困难在于马本身上，画竹的困难在于竹叶的结合上。粗看竹画，好像只是墨笔的乱撇，其实竹叶的方向、疏密、浓淡、肥瘦，以及集合的形体，都要讲究。所以在中国画法上，竹是一专门部分。平生专门研究画竹的画家也有。"

"竹为什么不用绿颜料来画，而常用墨笔来画呢？用绿颜料撇竹叶，不更像吗？""中国画不注重'像不像'，不像西洋画那样画得同真物一样。凡画一物，只要能表现出像我们闭目回想时所见的一种神气，就是佳作了。所以西洋画像照相，中国画像符号。符号只要用墨笔就够了。原来墨是很好的一种颜料，它是红黄蓝三原色等量混合而成的。故墨画中看似只有一色，其实包罗三原色，即包罗世界上所有的颜色。故墨画在中国画中是很高贵的一种画法。故用墨来画竹，是最正当的。倘然用了绿颜料，就因为太像实物，反而失却神气。所以中国画家不喜欢用绿颜料画竹；反之，却喜欢用与绿相反的红色来画竹。这叫作'朱竹'，是用笔蘸了朱砂来撇的。你想，世界上哪有红色的竹？但这时候画家所描的，实在已经不是竹，只是竹的一种美的姿势，一种活的神气，所以不妨用红色来描。"爸爸说到这里，丢了手中的木炭，立起身来结束说："中国画大都如此。我们对中国画应该都取这样的看法。"

月亮渐渐升高了，竹影渐渐与地上描着的木炭线相分离，现出参差不齐的样子来，好像脱了版的印刷。夜渐深了，华明就告辞。"明天白天来看这地上描着的影子，一定更好看。但希望不要落雨，洗去了我们的'墨竹'，大家明天会！"他说着就出去了。我们送他出门。

我回到堂前，看见中堂挂着的立轴——吴昌硕描的墨竹——似觉更有意味。那些竹叶的方向、疏密、浓淡、肥瘦，以及集合的形体，似乎都有意义，表现着一种美的姿态，一种活的神气。

蝌蚪

一

　　每度放笔，凭在楼窗上小憩的时候，望下去看见庭中的花台的边上，许多花盆的旁边，并放着一只印着蓝色图案模样的洋瓷[1]面盆。我起初看见的时候，以为是洗衣物的人偶然寄存着的。在灰色而简素的花台的边上，许多形式朴陋的瓦质的花盆的旁边，配置一个机械制造而施着近代风图案的精巧的洋瓷面盆，绘画地看来，很不调和，假如眼底展开着的是一张画纸，我颇想找块橡皮来揸去它。

　　一天，二天，三天，洋瓷面盆尽管放在花台的边上。这表示不是它偶然寄存，而负着一种使命。晚间凭窗欲眺的时候，看见放学出来的孩子们聚在墙下拍皮球。我欲知道洋瓷面盆的意义，便提出来问他们，才知道这面盆里养着蝌蚪，是春假中他们向田里捉来的。我久不

---
1 即搪瓷。

来庭中细看，全然没有知道我家新近养着这些小动物；又因面盆中那些蓝色的图案，细碎而繁多，蝌蚪混迹于其间，我从楼窗上望下去，全然看不出来。蝌蚪是我儿时爱玩的东西，又是学童时代在教科书里最感兴味的东西，说起来可以牵惹种种的回想，我便专诚下楼来看它们。

洋瓷面盆里盛着大半盆清水，瓜子大小的蝌蚪十数个，抖着尾巴，急急忙忙地游来游去，好像在找寻什么东西。孩子们看见我来欣赏他们的作品，大家围集拢来，得意地把关于这作品的种种话告诉我：

"这是从大井头的田里捉来的。"

"是清明那一天捉来的。"

"我们用手捧了来的。"

"我们天天换清水的呀。"

"这好像黑色的金鱼。"

"这比金鱼更可爱！"

"它们为什么不绝地游来游去？"

"它们为什么还不变青蛙？"

他们的疑问把我提醒，我看见眼前这盆玲珑活泼的小动物，忽然变成一种苦闷的象征。

我见这洋瓷面盆仿佛是蝌蚪的沙漠。它们不绝地游来游去，是为了找寻食物。它们的久不变成青蛙，是为了不得其生活之所。这几天晚上，附近田里蛙鼓的合奏之声，早已传达到我的床里了。这些蝌蚪倘有耳，一定也会听见它们的同类的歌声。听到了一定悲伤，每晚在这洋瓷面盆里哭泣，亦未可知！它们身上有着泥土水草一般的保护色，它们只合在有滋润的泥土，丰肥的青苔的水田里生活滋长。在那里有它们的营养物，有它们的安息所，有它们的游乐处，还有它们的大群的伴侣。现在被这些孩子们捉了来，关在这洋瓷面盆里，四周围着坚硬的洋铁，全身浸着淡薄的白水，所接触的不是同命运的受难者，便是冷酷的珐琅质。任凭它们镇日急急忙忙地游来游去，终于找不到一种保护它们，慰安它们，生息它们的东西。这在它们是一片渡不尽的大沙漠。它们将以幼虫之身，默默地夭死在这洋瓷面盆里，没有成长变化，而在青草池塘中唱歌跳舞的欢乐的希望了。

这是苦闷的象征，这是象征着某种生活之下的人的灵魂！

二

我劝告孩子们："你们只管把蝌蚪养在洋瓷面盆中的清水里，它们不得充分的养料和成长的地方，永远不能变成青蛙，将来统统饿死在这洋瓷面盆里！你们不要当它们金鱼看待！金鱼原是鱼类，可以一辈子长在水里；蝌蚪是两栖类动物的幼虫，它们盼望长大，长大了要上陆，不能长居水里。你看它们急急忙忙地游来游去，找寻食物和泥土，无论如何也找不到，样子多么可怜！"

孩子们被我这话感动了，颦蹙地向洋瓷面盆里看。有几人便问我："那么，怎么好呢？"

我说："最好是送它们回家——拿去倒在田里。过几天你们去探访，它们都已变成青蛙，'哥哥，哥哥'地叫你们了。"

孩子们都欢喜赞成，就有两人抬着洋瓷面盆，立刻要送它们回家。

我说："天将晚了，我们再留它们一夜明天送回去罢。现在走到花台里拿些它们所欢喜的泥来，放在面盆里，可以让它们吃吃，玩玩。也可让它们知道，我们不再虐待它们，我们先当作客人款待它们一下，明天就护送它们回家。"孩子们立刻去捧泥，纷纷地把泥投进面盆里去。有的人叫着："轻轻地，轻轻地！看压伤了它们！"

不久，洋瓷面盆底里的蓝色的图案都被泥土遮掩。那些蝌蚪统统钻进泥里，一只也看不见了。一个孩子寻了好久，锁着眉头说："不要都压死了？"便伸手到水里拿开一块泥来看。但见四个蝌蚪密集在面盆底上的泥的凹洞里，四个头凑在一起，尾巴向外放射，好像在那里共食什么东西，或者共谈什么话。忽然一个蝌蚪摇动尾巴，急急忙忙地游了开去。游到别的一个泥洞里去一转，带了别的一个蝌蚪出来，回到原处。五个头聚在一起，五根尾巴一齐抖动起来，成为五条放射形的曲线，样子非常美丽。孩子们呀呀地叫将起来。我也暂时忘记了自己的年龄，附和着他们的声音呀呀地叫了几声。

随后就有几人异口同声地要求："我们不要送它们回家，我们要养在这里！"我在当时的感情上也有这样的要求；但觉左右为难，一时没有话回答他们，踌躇地微笑着。一个孩子恍然大悟地叫道："好！我们在墙角里掘一个小池塘倒满了水，同田里一样，就把它们养在那里。它们大起来变成青蛙，就在墙角里的地上跳来跳去。"大家拍手说："好！"我也附和着说："好！"大的孩子立刻找到种花用的小锄头，向墙角的泥地上去垦。不久，垦成了面盆大的一个池塘。大家说："够大了，够大了！""拿水来，拿水来！"就有两个孩子扛开水缸的盖，用浇花壶提了一壶水来，倾在新开的小池塘里。起初水满满的，后来被泥土吸收，渐渐地浅起来。大家说："水不够，水不够。"小的孩子要再去提水，大的孩子说："不必了，不必了，我们只要把洋瓷面盆里的水连泥和蝌蚪倒进塘里，就正好了。"大家赞成。蝌蚪的迁居就这样地完成了。

夜色朦胧，屋内已经上灯。许多孩子每人带了一双泥手，欢喜地回进屋里去，回头叫着："蝌蚪，再会！""蝌蚪，再会！""明天再来看你们！""明天再来看你们！"一个小的孩子接着说："它们明天也许变成青蛙了。"

三

洋瓷面盆里的蝌蚪，由孩子们给迁居在墙角里新开的池塘里了。孩子们满怀的希望，等候着它们的变成青蛙。我便怅然地想起了前几天遗弃在上海的旅馆里的四只小蝌蚪。

今年的清明节，我在旅中度送。乡居太久了有些厌倦，想调节一下。就在这清明的时节，做了路上的行人。时值春假，一孩子便跟了我走。清明的次日，我们来到上海。

十里洋场，我一看就生厌，还是到城隍庙里去坐坐茶店，买买零星玩意，倒有趣味。孩子在市场的一角看中了养在玻璃瓶里的蝌蚪，指着了要买。出十个铜板买了。后来我用拇指按住了瓶上的小孔，坐在黄包车里带它回旅馆去。

回到旅馆，放在电灯底下的桌子上观赏这瓶蝌蚪，觉得很是别致：这真像一瓶金鱼，共有四只。颜色虽不及金鱼的漂亮，但是游泳的姿势比金鱼更为活泼可爱。当它们潜在瓶边上时，我们可以察知它们的实际的大小只及半粒瓜子。但当它们游到瓶中央时，玻璃瓶与水的凸镜的作用把它们的形体放大，变化参差地映入我们的眼中，样子很是好看。而在这都会的旅馆的楼上的五十支光电灯底下看这东西愈加觉得稀奇。这是春日田中很多的东西。

要是在乡间，随你要多少，不妨用斗来量。但在这不见自然面影的都会里，不及半粒瓜子大的四只，便已可贵，要装在玻璃瓶内当作金鱼欣赏了，真有些可怜。而我们，原是常住在乡间田畔的人，在这清明节离去了乡间而到红尘万丈的中心的洋楼上来鉴赏玻璃瓶里的四只小蝌蚪，自己觉得可笑。这好比富翁舍弃了家里的酒池肉林而加入贫民队里来吃大饼油条；又好比帝王舍弃了上苑三千而到民间来钻穴窥墙。

一天晚上，我正在床上休息的时候，孩子在桌上玩弄这玻璃瓶，一个失手，把它打破了。水泛滥在桌子上，里面带着大大小小的玻璃碎片，蝌蚪躺在桌上的水痕中蠕动，好似涸辙之鱼，演成不可收拾的光景，归我来办善后。

善后之法，第一要救命。我先拿一只茶杯，去茶房那里要些冷水来，把桌上的四个蝌蚪轻轻地掇进茶杯中，供在镜台上了。然后一一拾去玻璃的碎片，揩干桌子。约费了半小时的扰攘，好容易把善后办完了。去镜台上看看茶杯里的四只蝌蚪，身体都无恙，依然是不绝地游来游去，但形体好像小了些，似乎不是原来的蝌蚪了。以前养在玻璃瓶中的时候，因有凸镜的作用，其形状忽大忽小，变化百出，好看得多。现在倒在茶杯里一看，觉得就只是寻常乡间田里的四只蝌蚪，全不足观。都会真是枪花[1]繁多的地方，寻常之物，一到都会里就了不起。

这十里洋场的繁华世界，恐怕也全靠着玻璃瓶的凸镜的作用映成

---

1 江南一带方言，意即欺人之计。

如此光怪陆离。一旦失手把玻璃瓶打破了，恐怕也只是寻常乡间田里的四只蝌蚪罢了。

过了几天，家里又有人来玩上海。我们的房间嫌小了，就改赁大房间。大人、孩子，加以茶房，七手八脚地把衣物搬迁。搬好之后立刻出去看上海。为经济时间计，一天到晚跑在外面，乘车，买物，访友，游玩，少有在旅馆里坐的时候，竟把小房间里镜台上的茶杯里的四只小蝌蚪完全忘却了；直到回家后数天，看到花台边上洋瓷面盆里的蝌蚪的时候，方然忆及。现在孩子们给洋瓷面盆里的蝌蚪迁居在墙角里新开的小池塘里，满怀的希望，等候着它们的变成青蛙。我更怅然地想起了遗弃在上海的旅馆里的四只蝌蚪。不知它们的结果如何？

大约它们已被茶房妙生倒在痰盂里，枯死在垃圾桶里了？妙生欢喜金铃子，去年曾经想把两对金铃子养过冬，我每次到这旅馆时，他总拿出他的牛筋盒子来给我看，为我谈种种关于金铃子的话。也许他能把对金铃子的爱推移到这四只蝌蚪身上，代我们养着，现在世间还有这四只蝌蚪的小性命的存在，亦未可知。

然而我希望它们不存在。倘还存在，想起了越是可哀！它们不是金鱼，不愿住在玻璃瓶里供人观赏。它们指望着生长，发展，变成了青蛙而在大自然的怀中唱歌跳舞。它们所憧憬的故乡，是水草丰足、春泥黏润的田畴间，是映着天光云影的青草池塘。

如今把它们关在这商业大都市的中央，石路的旁边，铁筋建筑的楼上，水门汀砌的房笼内，瓷制的小茶杯里，除了从自来水龙头上放出来的一勺之水以外，周围都是瓷、砖、石、铁、钢、玻璃、电线和煤烟，都是不适于它们的生活而足以致它们死命的东西。世间的凄凉、残酷，和悲惨，无过于此。这是苦闷的象征，这象征着某种生活之下的人的灵魂。

　　假如有谁来报告我这四只蝌蚪的确还存在于那旅馆中，为了象征的意义，我准拟立刻动身，专赴那旅馆中去救它们出来，放乎青草池塘之中。

尝试

　　姆妈要到城中姨母家去吃喜酒了。我们要读书，不能同去。姆妈临行时对我和弟弟说："回来时买些东西给你们吧，姐姐一件夏衣料，弟弟一副乒乓球。"我说："我衣料不要，买一张白扇面给我吧。"姆妈答允我，去了。

　　爸爸说过："扇面上不一定要画古法的山水花卉，也不妨用西洋画法描现代生活。"我想尝试地画画扇面看。爸爸又说："扇面的弧形框子内，构图很不容易。"我的扇面没有买到，不妨预先想想构图看。华先生上图画课时屡次教我们构图的方法。有一次他用自己的身体作实例，演给我们看，很容易懂，又很发笑，使我从此不会忘记。他走到教室的大门的门槛上，先把身体立正，站在门的正中，问我们："这样好看不好看？"我们中有大多数人回答"好看"。他次把身体移偏一步，大约站在门槛的三等分点上，又问我们："好看不好看？"我们中又有大多数人说"好看"。最后他把身体缩紧了，贴在门边上，好像讨饭叫化子的模样，又问我们："好看不好看？"我们大家笑着，一致回答道："很不好看！"于是他走上讲台来对我们说："画图也是这样，譬如今天要画的这个臭药水瓶，放在正中也好看，放在三分之一处也好看，但贴在边上很不好看。"听见他拿自己比臭药水瓶，我们中有许多人忍不住笑了。从此以后就给他起个绰号，叫作"臭药水瓶"。但当时他全不觉察，得意地继续说："但是你们要知道：前两种虽然都好看，很有分别：第一种好看是'齐整的'，第二种好看是'自然的'。图案画、装饰画、肖像画大都取前者，写生画大都取后者。"又有一次，他教我们画三株青菜。先在我们中选出三个人来，教他们均匀地并立在讲台上，手中各拿一册书，问我们："这么样好看不好看？"我们中有大多数人说"好看"。其次，他教两个人共拿一本书，站在讲台的三等分处共看，其余一个人在旁边侧着头借看，问我们："这么样好看不好看？"我们全体一致回答"很好看"。最后，他教这三个人各持一本书，分别站在讲台的三只角上，问我们："这么样好看不好看？"我们全体一致回答："很不好看。"于是他放这三个人回去，对我们说："图画也是如此：譬如这三株青菜，倘描图案画，不妨把同样的三株并列起来，加以装饰风，其形式均齐，对称，而反复，很是好看。倘描写生画，一齐并列就嫌太呆板，分别放在三只角上又嫌太散漫，必须巧妙地布置，使这三株菜集中于一个中心点，而其间又有主有宾。那么既有变化而不呆板，又有系统而不散漫，看去方觉自然。布置之法，就同刚才的三个人一样，把两株菜拉拢在一起，放在三等分的地方，这就是主，就是画的中心点；把另一株菜放得稍稍离开一点，这就是宾，附属于主，倾向于中心点。那么全画既有变化，又有统一，看去很自然了。"

我回想这些教课，想助成我的扇面的构图。谁知用铅笔一打草稿，立刻发现了很大的困难：无论画臭药水瓶或青菜，总有一根地平线。我的扇面上倘画地平线，势必从左角通到右角，把扇面横断为畸形的两块，多么难看！我拿这一点去问爸爸。他说："困难就在这地方呀！你们在学校里画的图画，大都显出地平线，不宜于画扇面。扇面上所适用的画材，第一要选择不显出地平线的；第二要选择天生成中央高而左右低的东西。中国老式的扇面画题材，最常用的是山水，其次是花鸟，其次是人物。因为山水树木可以遮隐地平线，又可随意高低，最易布置。花鸟可以截取一部分枝叶，不用背景，悬空挂着，也容易安排。人物则必有房屋等为背景，房屋大都显出地平线，又不便随意高低，在扇面中布置最难。现在你要画扇，不宜取静物，宜取风景。你们虽不画山水，风景写生总练习过。想想看：哪一种景象的形式最适合于扇面形的画框？但同时又要顾到内容：扇是夏天用的，扇上宜画使人看了爽快的景象。"

我回到自己房间里，拿出速写簿来翻。翻到远足那一天在途中为柳荫下的大石上的三个同学写生的一幅，觉得很适宜于装进扇面中。那株柳树枝叶播得很广，从树顶向两旁渐渐降低，恰像扇面的上边。柳树底下，一块大石耸起在中央，两旁的地和杂草可以稍加改变，使向左右延长且降低，以适合扇面的下部。我选定了画材，拿一张白纸来，用铅笔画一扇形的框，先在纸上试画一遍看。我弃了柳树的顶，使柳条从扇的上边挂下，越发自由了。我把大石放在扇面的横长的三等分地方，以符合构图的规则。我把纸钉在墙上，走远几步眺望，自己觉得很满意。恨不得请姆妈立刻回来，把扇面带给我，让我把这图正式描到扇上去。

忽然想到了刚才爸爸所说的最后几句话，觉得要正式画扇，还有难问题在这里。我所取的景象的内容是不是合于画扇的？我在这景象上题些什么字？三个人坐在柳荫下的大石上，这景象看看倒很爽快，至少不是不配画在扇上的。但题些什么字呢？"远足途中"吗？这景象与远足并无多大关系，不过我自己知道是远足中所写的而已，别人看了全然没意义。"柳荫"吗？太简单。"晚凉"吗？这两字在夏天的人看了倒很爽快，但我嫌字太少。因此忽然想到：我何不改作夜景，看了更加爽快，而且画起来更加容易？我就在柳叶的梢头上，加描一个圆而大的月亮。这一笔加上之后，树木、石头、地、杂草、人物，忽然在我心目中变成了暗蓝色。景色非常清凉；而且画时只要用影绘一般的平涂，不必细写树干上，人身上的笔画了。最凑巧的，坐在右旁的那个人正在举手指点，所指着的恰好是月亮，他们仿佛在那里谈月亮的话。这使我想起曾经读过的一首词的第一句："明月几时有？"我欢喜这一句，为它是一个世间最可怪而大家不以为怪的大疑问。我曾同叶心哥哥讨论过，他也觉得很有兴味。现在我这扇面决定就题这五个字。倘然画得不很坏，就把它送给叶心哥哥。他常常关念我的美术练习，屡次把美术品送给我。把这初夏的赠品回敬他，也可当作我对他的成绩报告。等姆妈带到扇面，我决定这样实行吧。

蛙鼓

　　舅妈要生小弟弟了，姆妈到外婆家去做客，晚上也不回来。家里只剩下我和爸爸两人。爸爸就叫我宿在他的房间里，睡在窗口的小床里。

　　今天天气很热，寒暑表的水银柱一直停留在八十七摄氏度上，不肯下降。爸爸点着蚊香，躺在床里看书。我关在小床里，又闷又热，辗转不能成寐。我叫爸爸：

　　"爸爸，我睡不着，要起来了。"

　　"现在已经十点钟了。再不睡，明天你怎能起早上学呢？"

　　"明天是星期日呀，爸爸！"

　　"啊，我忘记了！那你起来乘乘凉再睡吧。我也热得睡不着，我们大家起来吧。"

　　我的爸爸最爱生活的趣味。他曾经说，我和姐姐未上学时，他的家庭生活趣味丰富得多。我和姐姐上学之后，虽然仍住在家，但日里到校，夜里自修，早眠早起，参与家庭生活的时机很少。这使得爸爸扫兴。去年姐姐到城里的中学去住宿了，家里只剩我一个孩子。而我又做学校的学生的时候多，做爸爸的儿子的时候少。爸爸的家庭生活愈加寂寥了。然而他的兴趣还是很高，每逢假期，常发起种种的家庭娱乐，不使它虚度过去。这些时候他口中常念着一句英语："Work while work, play while play！"用以安慰或勉励他自己和我们。我最初不懂这句外国话的意思。后来姐姐入中学，学了英语，写信来告诉我，我才知道。姐姐说，每句第一个字要读得特别重，那么意思就是"工作时尽力地工作，游戏时尽情地游戏。"这时爸爸从床上起来，口里又念着这句话了：

"Work while work, play while play！现在是星期六晚上，天这样闷热，我们到野外去作夜游吧！"

"楼下长台脚边，还有两瓶汽水在那里呢！"这是我最关心的东西，就最先说了出来，"我们带到野外去喝吧！"

"这里还有饼干呢，今天外婆派人送来的，一同拿到野外去作夜'picnic'（郊游，野餐）吧！检出你的童子军干粮袋来，把汽水、枇杷统统放进去，你背在身上。汽水开刀不可忘记！"爸爸的兴趣不比我低。于是大家穿衣，爸爸拿了拐杖，我背了行囊，一同走下楼去。我向长台脚下摸出两瓶汽水，把它们塞进干粮袋里，就预备出门。

"轻轻地走，王老伯伯听见了要骂，不给我们出去的！"我走到庭心里，忘记了所伴着的是爸爸，不期地低声说出这样的话来。爸爸拉住我的手，吃吃地笑着，不说什么，只管向大门走。走到门房间相近，他忽然拉我立定，也低声说："听！他们在奏音乐！"我立停了，倾耳而听，但闻门房间里响着最近唱过的《五月歌》。我跟着音乐，信口低唱起那首歌来：

> 愿得江水千寻，洗净五月恨。
>
> 愿得绿荫万顷，装点和平景。
>
> 雪我祖国耻，解我民生愠。
>
> 愿得猛士如云，协力守四境。

爸爸听了我唱的歌，很惊诧，低声地问："是谁奏乐？"我附着他的耳朵说："是王老伯伯拉胡琴，阿四吹笛。"爸爸更惊诧地说："我道他们只会奏《梅花三弄》和《孟姜女》的！原来他们也会奏这种歌！不知这歌哪里来的，谁教他们奏的？"我说："这是《开明唱歌教本》中的一曲，姐姐抄了从中学里寄给我。我借给华明看，华明借给他爸爸——华先生——看，华先生就教我们唱。前天我同华明在门房口唱这歌。王老伯伯问我唱的什么歌，我说唱的是爱国歌。外国人屡次欺侮我们，我们必须牢记在心。唱这歌，可以不忘国耻的。王老伯伯说他虽然是一个孤身穷老头子，听了街上的演讲，也气愤得很。他说我们好比同乘在一只大船里。外面有人要击沉我们的船，岂不是每人听了都气愤吗？所以他也要来学这歌。他的音乐天才很高，听我唱了几遍，居然自己会在胡琴上拉奏，而把这旋律教给阿四，教他在笛上吹奏。如今他们两人会合奏了。"

爸爸听了我的话，默不作声，踏着脚尖走到门房间的窗边，在那里窥探。我跟着窥探。但见王老伯伯穿着一件夏布背心，坐在竹椅上拉胡琴。阿四也穿一件背心，把一脚搁在一堆杂物上，扯长了嘴唇拼命吹笛。大家眼睛看着鼻头，一本正经地，样子很可笑，但又很可感佩。因为门房间里蚊子特别多，听见了奏乐声，一齐飞集拢来，叮在两人的赤裸裸的手臂上，小腿上，和王老伯伯的光秃秃的头皮上。两人的手都忙着奏乐，无暇赶蚊，任它们乱叮。其意思仿佛是为了爱国，不惜牺牲身上的血了。

忽然曲终，两人相视一笑，各自放下乐器，向身上搔痒。这时候四周格外沉静，但闻蚊虫声嗡嗡如钟，隆隆如雷，充满室中。我不期地高声喊出："王老伯伯和阿四合奏，蚊子也合奏！"

王老伯伯和阿四听见人声，走出门房间来。看见爸爸和我深夜走出来，吃了一惊。爸爸忍着笑对他们说："天气太热，我们要到野外散散步，你们等着门，我们一会儿就转来的。"王老伯伯一边搔痒，一边举头看看天色，说："不下雨才好。早些回来吧。"就把我们父子二人关出在门外了。

门外一个毛月亮照着一片大自然，处处黑魆魆的令人害怕。麦田里吹来一股香气，怪好闻的。我忽然想起了昨夜的话，说道："爸爸，你昨夜教我一句苏东坡的好诗句，叫作'麦陇风来饼饵香'。现在我也闻到了，就是这种风的香气吧？"爸爸笑道："对啊，对啊！你闻到了饼饵香，我就请你吃饼干吧。我们到那田角的石条上去吃。"

四周都是青蛙的叫声。近处的咯咯咯咯，远处的咕咕咕咕。合起来如风雨声，如潮水声。闭目静听，又好像千军万马奔腾而来的声音。我说："门房间里有蚊子合奏，这里有青蛙合奏呢！"爸爸说："蛙的鸣声真像合奏，所以古人称它为'蛙鼓'。不但其音色如鼓，仔细听来，其一断一续，一强一弱，好像都有节奏。这是不愧称为合奏的。你听！……这好像一个大 orchestra 的合奏。你晓得什么叫作 orchestra？翻译做中国话，就是管弦乐队。你生长在乡下，还没有机会见过这种大合奏队。但无线电常常放送着。将来我们也去买一架收音机，你就可听见，虽然不能看见。合奏的种类甚多。两人也是合奏，三四人也是合奏。大起来，数十人、数百人的合奏也有——就是所谓 orchestra。但你要知道，刚才王老伯伯和阿四的花头，其实不能称为'合奏'，只能称为'齐奏'。因为合奏不但是许多乐器的共演，同时又是许多旋律的共进。许多旋律各不相同，而互相调和，在各种乐器上同时表出，即成为合奏。王老伯伯和阿四所用的乐器虽然各异，但所奏的旋律完全相同，所以只能称之为齐奏，还没有被称为合奏的资格。"这时我的汽水已经喝了半瓶。

"orchestra 的人数和乐器数多少不定。普通小的，数十人奏十数种乐器。大的，数百人奏数十种乐器。远听起来，其声音正像这千万只青蛙的一齐鸣鼓一样。乐器可分为四大群。第一群是弦乐器，都是弦线发音的，像你近来学习的提琴，便是弦乐器中最主要的一种。提琴同时用数个，或十数个，或数十个，所奏的是曲中最主要的旋律。第二群是木管乐器，就是箫笛之类的东西，音色特别清朗。第三群是金管乐器（铜管乐器），就是喇叭之类的东西，声音最响。第四群是打乐器（打击乐器），就是钟鼓之类的东西，声音最强。——所以 orchestra 的演奏台上，这四群乐器的位置都有一定：弦乐器最主要，故位在最前方。木管乐器次之。金管乐器声音最响，宜于放在后面。打乐器声音最强，而且大都是只为加强拍子的，故放在最后。用这四大群乐器合奏的乐曲，叫作'交响乐'，是最长大的乐曲。"我吞了最后的一口汽水。

"最大的 orchestra，有一千多人，叫作'千人管弦乐队'。现在我们不妨把这无数的青蛙想象做一个'千人管弦乐队'，而坐在这里听他们的交响乐！"爸爸也喝完了汽水。

夜露渐重，摸摸身上有些湿了。我们不约而同地立起身来。我收拾汽水瓶，跟着爸爸缓步回家。就寝时已经十二点钟。这晚上我做了两个梦。第一个梦是爸爸买了一架收音机来装在吃饭间里，开出来怪好听的。第二个是梦见许多青蛙，拿着许多乐器——就中鼓特别多——在一个舞台合奏交响乐。忽然一只青蛙大吹起喇叭来，把我惊醒。原来是工厂里放汽管！时光还只五点半。想起了今天是星期日，我重又睡着了。

贺年

十二月三十一日的清晨，我被弟弟的声音惊醒。他一早起身，正在隔壁房里且跳且叫："日历只有一张了！过年了！大家快点起来过年！"随后是姆妈喊住他的声音："如金！静些儿！爸爸被你打搅了！你已是高小学生，五年级读了半年了，怎么还是这般孩儿气，清早上大声叫跳？"弟弟静了下来，接着低声地向姆妈要新日历看。我连忙披衣起床，心中想：这回是今年最后一次的起床，明天便是新年例假了。这一想使我不怕冷，衣裳穿得格外快些。但回想姆妈对弟弟说的话，又想到我六年级已读了半年，再过半年要毕业了，不知能不能……有些担心。

我一面扣衣纽，一面走进姆妈房中，看见日历上果然只挂着单薄薄的一张纸，样子怪可怜的。弟弟捧着一册新日历，正在窗前玩弄。我走近去一看，只见厚厚的一刀日历，用红纸封好了，装在一片硬纸板上。纸板上端写着某香烟公司的店号。店号下面描着图案，图案中央作一长方形的圈子，圈子里面印着一个电影明星的照片。不知是胡蝶，还是徐来，我可认不得。但见她侧着头，扭着腰，装着手势，扁着嘴，欲笑不笑，把眼睛斜转来向我看。好像我们校里那个顽皮的金翠娥躲在先生的背后装鬼脸。我立刻旋转头，走下楼去洗脸。我们吃过早粥，赴校的时候，弟弟叮咛地关照姆妈，最后一张日历要让他回来撕，新日历要让他回来开。姆妈笑着答允了。

我们上完了今年最后一天的课，高兴地回到家里。弟弟放了书包就奔上楼，想去撕日历。但被爸爸阻住了。爸爸正坐在窗前的桌子旁边看画册。桌上供着一盆水仙花，一瓶天竹，一对红蜡烛，一只铜香炉，和一只小自鸣钟。——这般景象，我似觉以前曾经看到过，但是很茫然了。仔细一想，原来正是去年今日的事！种种别的回忆便跟了它浮出到我的脑际来。

爸爸对弟弟说："今天是今年最后的一天，我们不要草草过去。我们大家来守岁，到夜半才睡觉。日历也要到夜半才可撕。在夜里，我们还要做游戏，讲故事，烧年糕吃呢！"弟弟听了又跳起来，叫起来。爸爸拉住他的臂膊说："不要性急，今年还有八个钟头呢。你们乘这时候先画一张贺片，向你们的最好的朋友贺年。"

"好，好，好。"我们答应着，抢先飞奔下楼，向书包里去拿画具。途中我记起了：去年图画课中华先生叫我们画贺片，我画一只猪猡，同学们大家说"难看，难看"，华先生偏说"好看"。他说："你们为什么看轻猪猡？你们不是大家爱吃它的肉吗？"后来我告诉爸爸，爸爸说："因为中国画家向来不画猪猡，所以大家看不惯。其实也没啥，不过样子不及兔子、山羊那般玲珑罢了。"今年不知应该画什么动物了？等会儿问问爸爸看。

我们把画具端到楼上，放在东窗下的桌上，开始画贺片了。画些什么呢？我就问爸爸明年是什么年。爸爸说明年是丙子年，子年可以画个老鼠。但我所发现的题材，被弟弟抢了去。他说："我画老鼠！老鼠拉车子！昨天我在《小人国》里看见过的。"我同他论理，但他连说"对起，对起，对起，对起"，管自拿铅笔打稿子了。"对起"就是"对不起"，是他近来的口头禅。他每逢自知不合而又不舍得放弃的时候，便这样说。我知道他已热心于画老鼠拉车了，就让让他吧。但是我自己画什么呢？想了好久，记得以前华先生教我们画花的图案，我画得很高兴。现在就画些花的图案吧。

我的颜料没有上完，弟弟已经画好，拿去请爸爸看了。我赶快完成，也拿过去。但见爸爸拿着剪刀正在裁剪弟弟的画纸，一面说着："你画老鼠拉车，不可画得太高。下面剪掉些，上面多留些空地写字吧。"剪成了明信片样的一张，他又说："上面太空，添描一个很长的马鞭吧。"弟弟抢着说："本来是有马鞭的，我忘记了！"爸爸就用指爪在贺片上划一个弯弯的线痕，叫他照样去画。爸爸看了我的画，说："很好看；但你可用更深的红在花瓣上作个轮廓，用更深的绿在叶子上作个轮廓。那么，深红配淡红，深绿配淡绿，好看得多。这叫作'同类色调和'。"我照他所说的去改了。弟弟已经画好马鞭，看看我的画，跳起来说："姐姐用颜料的！不来，不来，我要画过！"就向爸爸嚷着要换。爸爸说："如金！画不一定要用颜料的呀！你姐姐的是'装饰画'，所以用颜料。你的是'记事画'，可以不用颜料。"但弟弟始终不满意，噘起小嘴唇看我的画，连说着"我要画过，我要画过"。这时候姆妈进来了。她听见了弟弟咕噜咕噜，就来看他的画；知道他嫌没有颜料，就对他说："也可以着颜料的。我教你吧：小人的衣服上着红色，小车的轮子上着黄色，老鼠和车子本来是黑色的。"弟弟照姆妈的话做了，觉得果然好看，就笑起来。爸爸衔着香烟，也走过来看，笑着说："很好，很好，全靠姆妈，不然又要闹气了。但我看红色太孤零，没有'呼应'。最好拉车的绳子换了红色。"弟弟又抢着说："原是一根红头绳呀！我在《小人国》里看见的。"于是大家商量改的方法。姆妈对我说："逢春！你帮帮他吧。先用橡皮将黑绳略略擦去，然后用白粉调了红颜料盖上去。"我照姆妈的话给他改。弟弟见我改成功了，又连说"对起，对起，对起，对起"。姆妈说："不要'对起'了，且说你们这两张贺片送给哪个。"我和弟弟齐声说出："送给秋家叶心哥哥。"爸爸说"好"，就教我们写字。姆妈说："写好了大家下来吃夜饭吧。吃过夜饭还要守岁呢。上星期叶心曾说放了年假来守岁，黄昏时他也许会来的。"说过，就先自下楼去了。

弟弟吃饭来得最迟，他手里拿着一封信，封壳上贴着一分邮票，写着"本镇梅花弄八号秋叶心先生收，梅花弄二号柳宅寄"。匆匆地对我们说："我到邮政局里去寄了这两张贺片再来吃饭。"就飞奔去了。爸爸笑着说："哈哈！还是秋家近，邮政局远呢！"姆妈也说："恐怕信没有到邮政局，人已经来这里了！"

吃过夜饭，我们正在点起红烛，准备守岁的时候，邮差敲门了。我们收到一封城里寄来的信。拆开一看，原来是叶心哥哥从县立初级中学寄来的贺年片。附着一封信，说他要今日晚快回家，先把贺片寄给我们，晚上他也来我家守岁。我和弟弟欢喜得很，忙将贺片给爸爸看，爸爸啧啧称赞道："到底不愧为美术家的儿子！又不愧为中学生！他的画兼有你二人的画的好处呢：逢春画两枝花，形式固然美观了；但是内容没有表示新年的意义。如金画只老鼠，内容原有新年的意义了；但是形式好像《小人国》童话书里的插画，不甚适于贺片的装饰。亏得加了一根长马鞭，把'恭贺新禧'等字钩住，还有点图案的意味。现在看到叶心的画，觉得是两全的了。在形式上，松树占了左边；地、海和朝阳占了下边；青云和松叶占了上边，成了三条天然的花边。在内容上，这几种东西又都含有庆贺新年的意思：初升的太阳，常青的松树，高的云，广的海，和活泼地出巢的小鸟，没有一样不表出新年的欢乐和青年的希望。题的字也很有意味呢！"我们争问爸爸怎么叫作"美意延年"？他继续说："这是出于《荀子》里的。美意就是快美的心，也可说就是爱美的心。延年就是延长寿命。一个人爱美而快乐，可以康健而长寿。这意思比你们的'恭贺新禧'高明得多了。"我听了觉得脸上有些发热，同时更佩服叶心哥哥的天才了。爸爸又仔细看他的贺片，摇摇头对姆妈说："叶心的美术的确进步了。你看他布置多么匀称：太阳耸得最高的地方，这一行字特地缩短些，交互相补。进中学才半年，就这样进步，这孩子……"姆妈正拿着一本新日历想要去挂。爸爸随手把贺片放在日历上端的电影明星的照片上，说道："咦！大小正好。倘换了这张，好看得多，有意思得多呢。"我本来讨厌这装鬼脸的金翠娥，要挂着了教我看她一年，真有些难受。我连忙赞成爸爸的话，提议把贺片用糨糊粘上。爸爸和姆妈都说"好"，弟弟也说"好"。我就实行我的提议。但把糨糊涂到电影明星的脸上和身上去的时候，我又觉得有些对她不起。旁观的弟弟早已感到这意思，他笑着说："对起，对起，对起，对起！"

不久叶心哥哥来了。他果然还没有收到我们的贺片。我们谢他的贺片，并把爸爸称赞他的话告诉他，羡慕他的美术的进步。他脸孔红了，咬着嘴唇旋转头去，恰好看见了粘在日历上边的贺片。他惊奇地一笑，又转向别处。后来对我们说："待我收到了你们的贺片，把它们镶在镜框里！"

我们这晚做了种种游戏，讲了许多故事，又吃年糕和橘子。直到敲出十二点钟，方才由弟弟撕去最后一张旧日历，打开新日历。年已经过了！父亲派工人送叶心哥哥归家。我们送他出了门，各自去睡觉。我梦到"美意延年"的画境里，在那松下海边盘桓了多时。醒来时，元旦的初阳已照在我的床上了。

葡萄

午饭后接到弟弟的信。正想拆看，上课铃响出了，我就带了这信去上数学课。先生说要增加趣味，教科以外又发油印的四则问题讲义，这回点几个人到黑板上去演算。这些问题我早已做出，不耐烦坐着看别人吃粉笔灰。对不起，犯一次校规了。我就偷偷地拆开弟弟的信，把信纸夹在数学书里。把书竖立在桌上，从容地看信。但见信上写道：

逢春姐姐：

　　你离开家里已经半个多月了。但是家里没有一天不提起你的名字。姆妈搬出了饭菜，就对着书房间喊："逢春的爸爸，吃饭了！"爸爸在厕所里走不出来，也就挺起喉咙喊："逢春的娘，拿点粗纸来！"昨天星期日，上午三舅妈来，恰好姆妈到裁缝店里去了，爸爸同她谈话：逢春的娘长，逢春的娘短。我听了实在好笑。后来姆妈回家，同三舅妈谈话：又是逢春的爸爸长，逢春的爸爸短。我听了有些耐不住，当场对姆妈说："姆妈，你叫爸爸，为什么一定要拖姐姐在里头呢？"姆妈笑着骂我："难道拖你在里头？可惜你来得迟了一点！"

我看到这里，忘记了身在教室，独自笑起来。幸而先生正在起劲地讲"乌龟四只脚，鹤两只脚"，没有注意我的笑。我继续看下去：

小天井里的葡萄，你去时还没有熟，现在已经很大而且很甜。生的又多，仰望好像一串一串的绿珠子。我每天放学回家，自己爬上梯子去采一球来吃。一个人哪里吃得及呢？我们送一大篮给外婆家，一小篮给华明家，一小篮给宋家伯伯家。阿四自己采了一篮，去给小阿四吃。邮差来送信，爸爸叫他自己爬上去采。一身绿衣裳钻在葡萄棚底，人忽然不见了，但闻空中笑声。姆妈叫我不要把玩耍事体告诉你，防恐你在校中想着家里，没心想读书。但我知道你不会。因为我以前常常听你说："应该玩耍而玩耍，是快乐的；不应该玩耍而玩耍，反而苦痛。"况且你住在学校里，一定也有学校生活的乐处。我把家庭生活的乐事告诉你，你把学校生活的乐事告诉我，互相交换听听，岂不更加快乐？我听宋慧民说，他爸爸日内要进城，到你们校里来望宋丽金。今天下午我采了最大的三球葡萄，放在雪茄烟匣子里，托宋慧民转请宋家伯伯带给你。他动身日子不定，也许你收到这封信后，不久有得吃家里的葡萄了。祝你身体健康，学业进步。

你的弟弟如金上言

九月十四日夜八点钟

　　我偷看信毕，他们还在黑板旁边讲"乌龟四只脚，鹤两只脚"，纠缠不清。好容易打下课钟了。回到自修室，见案上放着一只雪茄烟匣子，一个纸包，旁边附一张宋家伯伯的名片。名片反面有铅笔字："来访适值上课。令弟嘱送食物一匣，请收。外食物一包烦交小女。明日下午再来访问。逢春女士鉴。"我忙把名片给宋丽金看。两人欢喜地拆看食物，我的是葡萄，宋丽金的是猪油炒米粉。我把葡萄分送宋丽金，宋丽金也把猪油炒米粉分送我。我想再分送些给叶心哥。但是这学校的习惯，男女学生隔离很远，非但不相往来，在课堂中见了面也不交一语。况且他是二年级生，与我不同课堂。故我如今虽然和他同学，反比以前生疏了。葡萄也不便分送给他。课余我吃着葡萄，联想家里的情形，感谢弟弟的好意。就拿起笔来，写这样的一封回信给他：

弟弟：

　　收到你的信后一小时，就接到宋家伯伯带来的葡萄。我非常感谢。你送我一匣真的葡萄，我现在报你一张画的葡萄。上星期，这里的图画先生教我们画一幅葡萄的临画。这是我入中学后第一张图画成绩，现在附在这信里寄给你，请你留作纪念。先生说，学画应该以写生为主；但临摹别人的作品，也可学点笔法。故难得临画几次，也是必要的。我觉得很对。你看这幅画用笔并不繁，而葡萄的特点都能表出。还有一个关于画葡萄的故事告诉你：前天我向这里的图书室借了一册丰子恺著的《艺术趣味》来读。看见里面有一节说：从前希腊有两位画家，一位名叫才乌克西斯（Zeuxis），还有一位名叫巴尔哈西乌斯（Parrhasius），都是耶稣纪元前的人。他们的作品已经不传，只有一个故事传诵于后世——这两位画家的画，都画得很像，在希腊为齐名的两大画家。有一天，两人各拿出自己的杰作来，在雅典的市民面前展览比赛。全市的美术爱好者，大家到场来看两大画家的比赛。只见才乌克西斯先上台，他手中夹一幅画，外面用袱布包着。他在公众前把袱布解开，拿出画来。画中描的是一个小孩子，头上顶一篮葡萄，站在田野中。那孩子同活人一样，眼睛似乎会动的。但上面的葡萄描得更好，在阳光下望去，竟颗颗凌空，汁水都榨得出似的。公众正在拍手喝彩，忽然空中飞下两只鸟来，向画中的葡萄啄了几下，又惊飞去。这是因为他的葡萄画得太像，天空中的鸟竟上了他的当，以为是真的葡萄，故飞下来啄食。于是观者中又起了一阵热烈的拍掌和喝彩。才乌克西斯的画既已受了公众的激赏，他就满怀得意地走下台来，请巴尔哈西乌斯上台献画。在观者心中想来，巴尔哈西乌斯一定比不上才乌克西斯。哪有比这幅葡萄更像的画呢？他们看见巴尔哈西乌斯夹了包着的画，缓缓地踱上台来，就代他担忧。巴尔哈西乌斯却笑嘻嘻地走上台来，把画倚在壁上了，对观者闲眺。观者急于要看他的画，拍着手齐声叫道："快把包袱解开来呀！"巴尔哈西乌斯把手叉在腰际，并不去解包袱，仍是笑嘻嘻地向观者闲眺。观者不耐烦了，大家立起身来狂呼："画家！快把包袱解开，拿出你的杰作来同他比赛呀！"巴尔哈西乌斯指着他的画说道："我的画并没有包袱，早已摆在诸君眼前了。请看！"观者仔细一相，才知道他所描的是一个包袱，他所拿上来的正是他的画，并非另有包袱。因为画得太像，观者的数千百双眼睛都受了他的骗，以为是真的包袱。于是大家叹服巴尔哈西乌斯的技术，说前者只能骗鸟，后者竟能骗人。弟弟，你听了这故事作何感想？我知道你一定又有一番大议论。下次来信，请把你的感想告诉我。

你的姐姐逢春

九月十六日下午五时

寄寒衣

姐姐：

你的新棉袄已经做好，现在托宋家伯伯带上，请你查收。姆妈叫我写信对你说：这件棉袄虽是丝绵的，但是很薄，现在就可穿了。童子军露营的时候不可不穿。因为我们生在产丝绵的地方，从小穿惯丝绵，严冬穿棉花要伤风，尤其是露营的夜里，姆妈怕厚了穿在童子军装里面太臃肿，所以翻得特别薄，而且裁得特别小，包你穿了不变大胖子。叫你切不可把棉袄藏在箱子里，而只管挨冻。

关于你的棉袄，我还有一点话对你说：这种衣料叫作"梅萼呢"，是我同姆妈两人去买的。那天庙弄口新开绸缎店，我同姆妈去剪衣料。剪你的棉袄料时，姆妈叫我选。我看见他们橱窗里的衣料颜色和花样很多，实在无从选起。后来我一想，你是欢喜纯青灰色的，就选了一种没有花纹的

"标准布"，但是姆妈不赞成，说大姑娘家不宜穿得这么素净；青灰不妨，但总要有些花的。就叫我另选"梅葛呢"，我一看，都是很华丽的。只有一种曲线格子的，最为雅观，就选中了它。姆妈还不赞成，定要换一种梅花的。我说："用这种布做了，姐姐一定不要穿，露营回来一定重伤风。"姆妈这才赞成，剪了我所选定的曲线格子的"梅葛呢"。拿回家里给爸爸看，他说花纹很好。我很欢喜。仔细一看，果然很好。这种曲线格子不知怎样画的。横线和直线都是水浪形，而且相交叉的地方处处一律，毫没一点参差。我用铅笔在纸上画画看，无论如何也画不正确。去问爸爸，爸爸说："这是图案画，要用器具画的。"我再问他用什么器具，他说："图画仪器！将来我去寻出来教你画。"说了就衔着香烟踱开去。我不再问他。第二天到校，我问华先生，在黑板上把浪纹格子画给他看，问他怎样可以画得正确。他说："这要用两脚规画，很难很难，但你们现在不必学这种画。"我也不再问他。后来我把这事对华明说了。第二天华明到他爸爸——华先生——的抽屉里偷出一只两脚规来给我看。我玩玩看，很有趣味。旋一旋，一个圆圈；旋一旋，一个圆圈。用手来描，无论如何描不这样正确。但是你的棉袄上的浪纹格子，用这家伙怎样描得出呢？我想不出，华明也想不出。华明去问他爸爸，他爸爸回答他的话，同我爸爸回答我的话一样搪塞。我不懂得这种浪纹格子的画法，很不舒服，好像有一件事没有做完，常常挂在心头。华明笑我："你不晓得的事多得很呢：飞机怎样造，高射炮怎样打，矿怎样开……

天下的事，哪里知道得许多呢？"然而我不相信他的话。因为我想，这不过是一种画法，不是那么重大的事。我的要求，不算过分。现在我把这事告诉你，你在中学校，见闻较多，不知能把这种画的方法告诉我吗？

这封信藏在棉袄袋里，恐怕你不发现，另外在一张纸条上写了"袋内有信"四个字，放在衣包内。又恐怕你打开衣包时纸条要遗失，又在包面上写了"内有纸条"四个字。还恐怕你不细看包面上的字，姆妈托宋家伯伯转托宋丽金口头关照你"包面上有字"。你看到了这信，写个回信给我。

你的弟弟如金上言

十二月一日

弟弟：

宋丽金送给我衣包的时候，再三关照我'袋内有信'。我读完了信然后看见包内的条子，看见了条子然后看见包上的字。

寄来的棉袄，我穿上去很称身，而且颜色花纹也都很好。我试穿后，就一直穿上了。露营三天，已经过去。我们在露营中自己烧饭吃，非常有趣。晚上十个人同睡在一个营帐内，大家一身大汗，巴不得有人来偷营，出去透一口气。哪会伤风呢？我现在身体很好，不像从前在家里时那么怕冷怕热。请你对姆妈说，叫她放心。

衣料的颜色我的确欢喜。花纹也很雅观。画这种花纹，我看了一会儿，觉得一定可用两脚规画；但怎样画法，一时想不出来。昨天晚上，我特地去问秦先生。她教了我种种有趣的画法。我才知道两脚规这件东西真是妙用无穷。现在我把她所教我的种种画法描成一图，寄给你看，想你一定很欢喜。同时我又买了一只两脚规寄给你，省得你叫华明去偷。我寄给你的图中，有九个方块，但共有十二种花样，因为其中有三块是每块中含有二种花样的。第一行中的右手旁边的一块，就是我的棉袄上的花纹。这花纹的画法看似复杂，其实很简单。你只要画一张正方形的格子，以任何一个交叉点为中心，以一格的对角线为半径，作一个圆。这个圆一定通过八个方格。揩去了相对的每两方格里的弧线，其余相对的每两方格里的弧线，就是相邻的两条浪纹的一部分。你依照图中的格子仔细去看，一定容易悟通这画法。很有规则，很死板，一点不难。你看懂了这种浪纹格子以后，别的花样的画法也都容易看懂，不必我一一细说了。万一有看不懂的地方，可用两脚规去试试看。能够寻出每段弧线的圆心，就容易懂得它的画法了。你看懂了这十二种画法以后，一定会自己创造出种种花样来。只要先画格子，正方的，长方的，斜方的，或者混合的。然后把两脚规的尖脚放在格子的交点上，把两脚规的开度自由伸缩，把弧线的连接自由支配，就可画出无穷的花样来。秦先生说："织物图案和装饰图案，全靠一只两脚规。"这家伙真是妙用无穷的。

弟弟！你玩了这家伙，一定趣味很浓；但我要通知你：这不是很难的一种图画。这种画有规则，很呆板；只要细心，谁都会描。反之，像那种写生画，没有一定的规则，而美恶显然不同，这才是美术上的难事，光是细心没有用了。秦先生这样说，我也这样地感到。我觉得画这种画，好比做缝纫，只要耐心，一针一针地缝，总会缝得成功。写生画就不同：不一定要耐心，也不一定要细心。有的时候，耐心了细心了反而不好。用器画注重机械的表现，同一题材，各人所描的结果大致一样。反之，写生画注重个性的表现，十人同画一种水果，画出来的人人不同。所以你倘欢喜用器画，须当它图画的一部分而研究。在工艺美术、实用美术方面，用器画是很重要的。现代的人，有赖于用器画甚多。一切工艺，都是靠了用器画的帮助而制成的。我们大家应该研究这种画法；但这是图画的一部分。除此以外，我们还得研究别种图画。

年假不到一个月了。我半年不回家，第一次回家时怎样高兴，现在也想象不出。

你的姐姐逢春谨复

十二月四日

有情世界

　　阿因的爸爸坐在椅子里看书，忽然对着书笑起来，阿因料想，书里一定有好听的故事了，就放下泥娃娃，走到爸爸面前来问：

　　"爸爸笑什么？讲给我听！"

　　爸爸指着书，又指着阿因，说道：

　　"我笑的是他和你。你们两人一样。你替凳子的脚穿鞋子，同泥娃娃讨相骂，给枕头吃牛奶。这位宋朝的大词人辛弃疾，就同你一样，他同松树讲话，你看。"

　　说着，指着书上一段，读给阿因听：

　　"昨夜松边醉倒，问松'我醉如何？'。只疑松动要来扶，以手推松曰'去！'"

　　又解给阿因听："辛弃疾喝酒醉了，倒在松树旁边的草地上。他就问松树：'喂，老松！你看我醉得什么样了？'松树不答话，它的身体动起来了，似乎要把辛弃疾扶起来。辛弃疾很疲倦，想躺在松树旁边的草地上休息一会儿，不要它来扶起。就用手推开松树的身子，喊道：'不要来扶我，你去！'"

阿因听了，很奇怪。他张大眼睛想了一会儿，也笑起来。他的笑是表示高兴。他想：大人们都说我痴。哪知大人们也是痴的。他们的痴话还要印在书上给大家看呢。自今以后，如果再有人说我痴，我就可回驳："你们大人也是痴的，有辛弃疾的书为证。"

这天晚上，阿因就去遨游"有情世界"。

他吃过夜饭，正被母亲迫着去睡的时候，忽然看见地上一块白布。他想把布拾起来。先用脚踢它一下，白布不动。仔细一看，原来是窗外照进来的月光。他抬头向窗外望，但见月亮正在对他笑，好像有话要说。他高兴极了，先向窗外喊一声："月亮姐姐，我就来了。"飞也似的跑出去了。

他跑到门外草上，仰起头来一望，月亮姐姐的脸孔比窗里看见的更加白，更加圆，更加大了。同时笑得更加可爱了。但听她说：

"阿因哥儿，到山上去野餐，他们都在等候你呢。快去拿了小篮出来，我陪你同去吧。"

阿因不及回答，三步并作两步，回进屋里，走到床前，向枕头边去取出小篮。一看，里面有半篮花生米，两包巧克力，是白天爸爸买给他的，现在正好拿上山去野餐。他提了小篮出门，说声："月亮姐姐，同去，同去！"就快步上山。月亮姐姐走得同他一样快，两人一边说话，一边上山。忽然路旁一群小声音在喊：

"阿因哥哥，月亮姐姐，我们也要去野餐，带我们同去！"

阿因回头一看，原来是一群蒲公英。阿因站住了，月亮姐姐也站住了。阿因说：

"好极，好极，我正想多几个人携着手，一同上山。月亮姐姐高高地在上面走，不肯同我携手呢！"

他便伸手拉蒲公英。蒲公英们齐声叫道："拉不得，拉不得，我们痛得很！"

阿因一看，知道他们都是生根的，便皱着眉头，想不出办法。月亮姐姐喊道："阿因哥儿，他们是走不动的，你给他们吃些东西吧！"阿因觉得这话不错，便从小篮里取出花生米来，给蒲公英们一人一粒。蒲公英们都笑了，大家鞠一个躬，谢谢他。阿因再走上山，月亮姐姐又跟着他走，快慢完全一样。虽然不能携手，一路上都好谈话，不知不觉，已到山顶。山顶上有方平原，平原中央有一块大石，一块小石。阿因坐了小石，就把小篮里的花生米和巧克力倒在大石上，开始野餐了。他叫道："大家来吃东西！"山顶四周围站着的松树一齐"哗啦哗啦"地笑起来。阿因向四周一望，但见他们一个长，一个短，一个蓬头，一个尖头，大家正在探头探脑地望着石桌上的花生米和巧克力，嘴里都滴着口水呢。忽然附近发出一阵娇嫩的喊声，原来是睡在石桌周围的杜鹃花们：

"阿因哥哥，你这时候还来野餐？我们早已睡着，被你惊醒了！谁带你上来的呀？"

阿因点着上面说："月亮姐姐带我上来的！杜鹃花妹妹，你们睡得这么早，真是无聊！大家快点起来吃东西吧？今晚月亮姐姐这样高兴，你们不可不陪她。你们看，她的脸孔从来没有这样的白，这样的圆，这样的大，从来没有这样的可爱的呢！"

白云听见了阿因、杜鹃花们、松树们的笑语声，慢慢地从远方跑过来，也要来参加这野餐大会了。白云走到了石桌顶上，望着花生米和巧克力吞唾液。忽然松树们、杜鹃花们，一齐喊起来：

"白云伯伯，让开点，不要遮住月亮姐姐！"同时月亮姐姐也在上面喊起来：

"白云伯伯最讨厌！他老是欢喜站在我的面前，使我看不到你们。"

松树们同情月亮姐姐，接着说道：

"对啊！白云伯伯不但欢喜遮住我，有时竟会走下来，蒙住我们的头，气闷得很！这人真讨厌！"

杜鹃花们也娇声娇气地喊起来：

"白云伯伯怕你们吃东西，所以拿他那个庞大的身体来遮住你们。他想一人独吃这花生米和巧克力呢！"

白云被他们说得难为情起来，只好让开。但他的身体实在庞大，行动很不自由，过了好一会儿，阿因方才看见月亮姐姐的脸。白云伯伯被骂，阿因觉得太可怜了。他就劝道："白云伯伯，你下次站在月亮姐姐的后面，就好了。何必一定站在她前面呢？你横竖身体伟大，她遮不到你的呢！"

月亮姐姐扑哧地笑起来。白云伯伯说："阿因哥儿，你不知道我的苦处，我是不能走到她后面去的。她的身体实在太娇小，我的身体实在太庞大，一不小心，就要遮住她。如今我有办法：我把身体变个样子，站在她的周围，好不好？"

阿因、松树、杜鹃花们大加赞美。白云就慢慢地变样子，先把身子伸长，变成一条，然后弯转来，变成一个白环，绕在月亮姐姐的四周。底下的人们看了这变态，大家拍手喝彩，大家吃东西，高兴得很！从此大家不讨厌白云伯伯，而且请他多吃点东西了。

大家吃饱了东西，月亮姐姐的身体渐渐地横下去，好像想休息的样子。阿因说：

　　"我们散会吧，月亮姐姐疲倦了，大家明天再会！"月亮姐姐要送他下山。阿因说：

　　"你要休息了，不必送我下山。就叫松树哥哥送我下去吧！"

　　杜鹃花们一齐笑起来。松树说："阿因弟弟，要是我们走得动，我们很想送你下去，看看世景，可惜我们是走不动的呀！我有办法：叫我们的溪涧妹妹代送吧。她是一天到晚欢喜跑路的。"

　　溪涧接着说话了："我因为忙得很，没有参加你们的野餐会。但你们的谈话我都听见；而且风伯伯把你们的花生米和巧克力包纸都带给我吃了。香气倒很好。谢谢你们。我原要下山去，就由我代表你们，陪送阿因哥儿下山吧。"

　　阿因就跟了溪涧妹妹一齐下山。溪涧妹妹会唱许多的歌，在路上唱给阿因听，一直唱到阿因家的门前的河岸边，方始"再会"分手。阿因在路上，从溪涧妹妹学得了一曲最好听的歌。他一边唱着，一边走进屋里去，直到听见他母亲的声音："阿因，你睡梦里唱的歌真好听！"他方始停唱。张开眼睛一看，只见母亲坐在床前的椅子上，泥娃娃笑嘻嘻地站在他的枕头旁边，等候他起来同她玩呢。

　　有一个儿童，他走进我的房间里，便给我整理东西。他看见我的挂表的面合复在桌子上，给我翻转来。看见我的茶杯放在茶壶的环子后面，给我移到口子前面来。看见我床底下的鞋子一顺一倒，给我掉转来。看见我壁上的立幅的绳子拖出在前面，搬了凳子，给我藏到后面去。我谢他：

　　"哥儿，你这样勤勉地给我收拾！"

　　他回答我说：

　　"不是，因为我看了那种样子，心情很不安适。"是的，他曾说："挂表的面合复在桌子上，看它何等气闷！""茶杯躲在它母亲的背后，教它怎样吃奶奶？""鞋子一顺一倒，教它们怎样谈话？""立幅的辫子拖在前面，像一个鸦片鬼。"我实在钦佩这哥儿同情心的丰富。从此我也着实留意于东西的位置，体谅东西的安适了。它们的位置安适，我们看了心情也安适。于是我恍然悟到，这就是美的心境，就是文学的描写中所常用的手法，就是绘画的构图上所经营的问题。这都是同情心的发展。普通人的同情只能及于同类的人，或至多及于动物，但艺术家的同情非常深广，与天地造化之心同样深广，能普及于有情、非有情的一切物类。

我次日到高中艺术科上课，就对她们作这样的一番讲话：

世间的物有各种方面，各人所见的方面不同。譬如一株树，在博物家，在园丁，在木匠，在画家，所见各人不同。博物家见其性状，园丁见其生息，木匠见其材料，画家见其姿态。

但画家所见的，与前三者又根本不同。前三者都有目的，都想起树的因果关系，画家只是欣赏目前的树本身的姿态，而别无目的。所以画家所见的方面，是形式的方面，不是实用的方面。换言之，是美的世界，不是真善的世界。美的世界中的价值标准，与真善的世界中全然不同，我们仅就事物的形状、色彩、姿态而欣赏，更不顾问其实用方面的价值了。

所以，一枝枯木，一块怪石，在实用上全无价值，而在中国画家是很好的题材。无名的野花，在诗人的眼中异常美丽。故艺术家所见的世界，可说是一视同仁的世界，平等的世界。艺术家的心，对于世间一切事物都给以热诚的同情。

故普通世间的价值与阶级，入了画中便全部撤销了。画家把自己的心移入于儿童的天真的姿态中而描写儿童，又同样地把自己的心移入于乞丐的病苦的表情中而描写乞丐。画家的心，必常与所描写的对象相共鸣共感，共悲共喜，共泣共笑。倘不具备这种深广的同情心，而徒事手指的刻划，决不能成为真的画家。即使他能描画，所描的至多仅抵一幅照相。

画家须有这种深广的同情心，故同时又非有丰富而充实的精神力不可。倘其伟大不足与英雄相共鸣，便不能描写英雄；倘其柔婉不足与少女相共鸣，便不能描写少女。故大艺术家必是大人格者。

艺术家的同情心，不但及于同类的人物而已，又普遍地及于一切生物、无生物。犬马花草，在美的世界中均是有灵魂而能泣能笑的活物了。诗人常常听见子规的啼血，秋虫的促织，看见桃花的笑东风，蝴蝶的送春归。用实用的头脑看来，这些都是诗人的疯话。其实我们倘能身入美的世界中，而推广其同情心，及于万物，就能切实地感到这些情景了。画家与诗人是同样的，不过画家注重其形式姿态的方面而已。没有体得龙马的活力，不能画龙马；没有体得松柏的劲秀，不能画松柏。中国古来的画家都有这样的明训。西洋画何独不然？我们画家描一个花瓶，必其心移入于花瓶中，自己化作花瓶，体得花瓶的力，方能表现花瓶的精神。我们的心要能与朝阳的光芒一同放射，方能描写朝阳；能与海波的曲线一同跳舞，方能描写海波。这正是"物我一体"的境涯，万物皆备于艺术家的心中。

为了要有这点深广的同情心，故中国画家作画时先要焚香默坐，涵养精神，然后和墨伸纸，从事表现。其实西洋画家也需要这种修养，不过不曾明言这种形式而已。不但如此，普通的人，对于事物的形色姿态，多少必有一点共鸣共感的天性。房屋的布置装饰，器具的形状色彩，所以要求其美观者，就是为了要适应天性的缘故。眼前所见的都是美的形色，我们的心就与之共感而觉得快适；反之，眼前所见的都是丑恶的形色，我们的心也就与之共感而觉得不快。不过共感的程度有深浅高下不同而已。对于形色的世界全无共感的人，世间恐怕没有；有之，必是天资极陋的人，或理智的奴隶，那些真是所谓"无情"的人了。

在这里我们不得不赞美儿童了。因为儿童大都是最富于同情的。且其同情不但及于人类，又自然地及于猫犬、花草、鸟蝶、鱼虫、玩具等一切事物，他们认真地对猫犬说话，认真地和花接吻，认真地和人像（doll）玩耍，其心比艺术家的心真切而自然得多！他们往往能注意大人们所不能注意的事，发现大人们所不能发现的点。所以儿童的本质是艺术的。

换言之，即人类本来是艺术的，本来是富于同情的。只因长大起来受了世智的压迫，把这点心灵阻碍或销磨了。唯有聪明的人，能不屈不挠，外部即使饱受压迫，而内部仍旧保藏着这点可贵的心。这种人就是艺术家。

西洋艺术论者论艺术的心理，有"感情移入"之说。所谓感情移入，就是说我们对于美的自然或艺术品，能把自己的感情移入于其中，没入于其中，与之共鸣共感，这时候就经验到美的滋味。我们又可知这种自我没入的行为，在儿童的生活中为最多。他们往往把兴趣深深地没入在游戏中，而忘却自身的饥寒与疲劳。《圣经》中说："你们不像小孩子，便不得进入天国。"小孩子真是人生的黄金时代！我们的黄金时代虽然已经过去，但我们可以因了艺术的修养而重新面见这幸福、仁爱而和平的世界。

天地间最健全的心眼，只是孩子们的所有物，世间事物的真相，
只有孩子们能最明确、最完全地见到。

我的母亲

中国文化馆要我写一篇《我的母亲》，并寄我母亲的照片一张。照片我有一张四寸的肖像，一向挂在我的书桌的对面。已有放大的挂在堂上，这一张小的不妨送人。但是《我的母亲》一文从何处说起呢？看看母亲的肖像，想起了母亲的坐姿。母亲生前没有摄取坐像的照片，但这姿态清楚地摄入在我脑海中的底片上，不过没有晒出。现在就用笔墨代替显影液和定影液，把我母亲的坐像晒出来吧：

我的母亲坐在我家老屋的西北角[1]里的八仙椅子上，眼睛里发出严肃的光辉，口角上表出慈爱的笑容。

老屋的西北角里的八仙椅子，是母亲的老位子。从我小时候直到她逝世前数月，母亲空下来总是坐在这把椅子上，这是很不舒服的一个座位：我家的老屋是一所三开间的楼厅，右边是我的堂兄家，左边一间是我的堂叔家，中央一间是我家。但是没有板壁隔开，只拿在

---

1 老屋不是朝南而是朝东的，所以西北角应作西南角。

左右的两排八仙椅子当作三份人家的界限。所以母亲坐的椅子，背后凌空。若是沙发椅子，三面有柔软的厚壁，凌空原无妨碍。但我家的八仙椅子是木造的，坐板和靠背成九十度角，靠背只是疏疏的几根木条，其高只及人的肩膀。母亲坐着没处搁头，很不安稳。母亲又防椅子的脚摆在泥土上要霉烂，用二三寸高的木座子衬在椅子脚下，因此这只八仙椅子特别高，母亲坐上去两脚须得挂空，很不便利。所谓西北角，就是左边最里面的一只椅子。这椅子的里面就是通过退堂的门。退堂里就是灶间。母亲坐在椅子上向里面顾，可以看见灶头。风从里面吹出的时候，烟灰和油气都吹在母亲身上，很不卫生。堂前隔着三四尺阔的一条天井便是墙门。墙外面便是我们的染坊店。母亲坐在椅子里向外面望，可以看见杂沓往来的顾客，听到沸反盈天的市井声，很不清静。但我的母亲一向坐在我家老屋西北角里的这样不安稳、不便利、不卫生、不清静的一只八仙椅子上，眼睛发出严肃的光辉，口角上表出慈爱的笑容。母亲为什么老是坐在这样不舒服的椅子里呢？因为这位子在我家中最为冲要。母亲坐在这位子里可以顾到灶上，又可以顾到店里。母亲为要兼顾内外，便顾不到座位的安稳不安稳，便利不便利，卫生不卫生，和清静不清静了。

我四岁时，父亲中了举人[1]，同年祖母逝世，父亲丁艰在家，郁郁不乐，以诗酒自娱，不管家事，丁艰终而科举废，父亲就从此隐遁。这期间家事店事，内外都归母亲一人兼理。我从书堂出来，照例走向坐在西北角里的椅子上的母亲的身边，向她讨点东西吃吃。母亲口角

---

1 丰子恺的父亲丰鐄于 1902 年中举，1906 年病逝。如按虚岁，作者在 1902 年应为五岁。后面的九岁是虚岁。

上表出亲爱的笑容，伸手除下挂在椅子头顶的"饿杀猫篮"[1]，拿起饼饵给我吃；同时眼睛里发出严肃的光辉，给我几句勉励。

我九岁的时候，父亲遗下了母亲和我们姐弟六人，薄田数亩和染坊店一间而逝世。我家内外一切责任全部归母亲负担。此后她坐在那椅子上的时间愈加多了。工人们常来坐在里面的凳子上，同母亲谈家事；店伙们常来坐在外面的椅子上，同母亲谈店事；父亲的朋友和亲戚邻人常来坐在对面的椅子上，同母亲交涉或应酬。我从学堂里放假回家，又照例走向西北角里的椅子边，同母亲讨个铜板。有时这四班人同时来到，使得母亲招架不住，于是她用了眼睛的严肃的光辉来命令，警戒，或交涉；同时又用了口角上的慈爱的笑容来劝勉，抚爱，或应酬。当时的我看惯了这种光景，以为母亲是天生成坐在这只椅子上的，而且天生成有四班人向她缠绕不清的。

我十七岁离开母亲，到远方求学。临行的时候，母亲眼睛里发出严肃的光辉，诚告我待人接物求学立身的大道；口角上表出慈爱的笑容，关照我起居饮食一切的细事。她给我准备学费，她给我置备行李，她给我制一罐猪油炒米粉，放在我的网篮里；她给我做一个小线板，上面插两只引线放在我的箱子里，然后送我出门。放假归来的时候，我一进店门，就望见母亲坐在西北角里的八仙椅子上。她欢迎我归家，口角上表出慈爱的笑容，她探问我的学业，眼睛里发出严肃的光辉。晚上她亲自上灶，烧些我所爱吃的菜蔬给我吃，灯下她详询我的学校生活，加以勉励，教训，或责备。

我廿二岁毕业后，赴远方服务，不克依居母亲膝下，唯假期归

---

1 "饿杀猫篮"，一种用细篾制成的、四周有孔的、通风的有盖竹篮，菜碗放此篮中，猫吃不到，故名。

省。每次归家，依然看见母亲坐在西北角里的椅子上，眼睛里发出严肃的光辉，口角上表现出慈爱的笑容。她像贤主一般招待我，又像良师一般教训我。

我三十岁时，弃职归家，读书著述奉母。母亲还是每天坐在西北角里的八仙椅子上，眼睛里发出严肃的光辉，口角上表出慈爱的笑容。只是她的头发已由灰白渐渐转成银白了。

我三十三岁时，母亲逝世。我家老屋西北角里的八仙椅子上，从此不再有我母亲坐着了。然而我每逢看见这只椅子的时候，脑际一定浮出母亲的坐像——眼睛里发出严肃的光辉，口角上表出慈爱的笑容。她是我的母亲，同时又是我的父亲。她以一身任严父兼慈母之职而训诲我抚养我，我从呱呱坠地的时候直到三十三岁，不，直到现在。陶渊明诗云："昔闻长者言，掩耳每不喜。"我也犯这个毛病；我曾经全部接受了母亲的慈爱，但不会全部接受她的训诲。所以现在我每次在想象中瞻望母亲的坐像，对于她口角上的慈爱的笑容觉得十分感谢，对于她眼睛里的严肃的光辉，觉得十分恐惧。这光辉每次给我以深刻的警惕和有力的勉励。

送考

今年的早秋，送一群孩子到杭州来投考。

这一群小学毕业生中，有我的女儿和我的亲戚、朋友家的儿女。送考的也还有好几个人，父母、亲戚或先生。我名为送考，其实没有重要责任，因此我颇有闲心情，可以旁观他们的投考。

坐船出门的一天，乡间旱象已成。运河两岸，水车同体操队伍一般排列着，咿哑之声不绝于耳。村中农夫全体出席踏水，已种田而未全枯的当然要出席，已种田而已全枯的也要出席，根本没有种田的也要出席；有的车上，连妇人、老太婆和十二三岁的孩子也出席。这不是平常的灌溉，这是一种伟观，人与自然奋斗的伟观！我在船窗中听了这种声音，看了这般情景，不胜感动。但那班投考的孩子们对此如同不闻不见，只管埋头在《升学指导》《初中入学试题汇解》等书中。我喊他们：

"喂！抱佛脚没有用的！看这许多人工作！这是百年来未曾见过

的状态，大家看！"

但他们的眼向两岸看了一看就回到书上，依旧埋头在书中。后来却提出种种问题来考我：

"穿山甲喜欢吃什么东西的？"

"耶稣诞生时当中国什么朝代？"

"无烟火药是用什么东西制成的？"

"挪威的海岸线长多少哩？"

我全被他们难倒，一个问题都回答不出来。我装着长者的神气对他们说："这种题目不会考的！"他们都笑起来，伸出一根手指点着我，说："你考不出！你考不出！"我老羞并不成怒，管自笑着倚船窗上吸香烟。后来听见他们里面有人在教我："穿山甲欢喜吃蚂蚁的！……"我管自看那踏水的，不去听他们的话；他们也自管埋头在书中，不来睬我，直到舍舟登陆。

乘进火车里，他们又拿出书来看；到了旅馆里，他们又拿出书来看；一直看到赴考的前晚。在旅馆里我们又遇到了另外几个朋友的儿女，他们也是来报考的，于是大家合作起来。赴考这一天，我五点钟就被他们噪醒，就起个早来送他们。许多童男童女各人挟了文具，带了一肚皮"穿山甲喜欢吃蚂蚁"之类的知识，坐黄包车去赴考。有几个十二三岁的女孩愁容满面地上车，好像被押赴刑场似的，看了真有些可怜。

到了晚快，许多孩子活泼泼地回来了。一进房间就凑作一堆讲话：哪个题目难，哪个题目易；你的答案不错，我的答案错，议论纷纷，沸反盈天。讲了半天，结果有的脸上表示满足，有的脸上表示失望。然而嘴上大家准备不取。男的孩子高声地叫："我横竖不取的！"

女的孩子恨恨地说："我取了要死！"

他们每人投考的不止一个学校，有的考二校，有的考三校。大概省立的学校是大家共同投考的。其次，市立的、公立的、私立的、教会的，则各人所选择不同。然而在大多数的投考者和送考者的观念中，似乎把杭州的学校这样地排列着高下等第。明知自己知识不足，算术做不出；明知省立学校难考取，要十个人里头取一个，但宁愿多出一块钱的报名费和一张照片，去碰碰运气看。万一考得取，可以爬得高些。省立学校的"省"字仿佛对他们发散无限的香气，大家讲起了不胜欣羡。

从考毕到发表的几天之内，投考者之间的空气非常沉闷。有几个女生简直是寝食不安，茶饭无心。他们的胡思梦想在谈话之中反反复复地吐露出来：考得得意的人，有时好像很有把握，在那里探听省立学校的制服的形式了；但有时听见人说"十个人里头取一个，成绩好的不一定统统取"，就忽然心灰意懒，去讨别个学校的招生简章了。考得不得意的人嘴上虽说"取了要死"，但从她们屈指计算发表日期的态度上，可以窥知她们并不绝望。世间不乏侥幸的例，万一取了，她们好比死而复生，其欢喜岂不更大吗？然而有时她们忽然觉得这太近于梦想，问过了"发表还有几天"之后，立刻接上一句"不关我的事"。

我除了早晚听他们纷纷议论之外，白天统在外面跑，或者访友，或者觅画。有一个学校录取案发表的一天，奇巧轮到我同去看榜。我觉得看榜这一刻工夫心绪太紧张了，不教他们亲自去看。同时我也不愿意代他们去看，便想出一个调剂紧张的方法来：我同一班学生坐在学校附近一所茶店里了，教他们的先生一个人去看，看了回到茶店里来报告他们。然而这方法缓和得有限。在先生去了约一刻钟之后，大家眼巴巴地望他回来。有的人伸长了脖子向他的去处张望，有的人跨出门槛去等他。等了好久，那去处就变成了十目所视的地方，凡有来人必牵惹许多小眼睛的注意，其中穿夏布长衫的人尤加触目惊心，几乎可使他们立起身来。久待不来，那位先生竟无辜地成了他们的冤家对头。有的女学生背地里骂他"死掉了"，有的男学生料他"被公共汽车碾死了"。但他到底没有死，终于拖了一件夏布长衫，从那去处慢慢地踱回来。"回来了，回来了"，一声叫后，全体肃静，许多眼睛集中在他的嘴唇上，听候发落。这数秒间的空气的紧张，是我这支自来水笔所不能描写的啊！

"谁取的""谁不取"，一一从先生的嘴唇上判决下来。他的每一句话好像一个霹雳，我几乎想包耳朵。受到这霹雳的人有的脸色惨白了，有的脸色通红了，有的茫然若失了，有的手足无措了，有的哭了，但没有笑的人。结果是不取的一半，取的一半。我抽了一口大气，开始想法子来安慰哭的人，我胡乱造出些话来说那学校办得怎样不好，所以不取并不可惜。不期说过之后，哭的人果然笑了，而满足的人似乎有些怀疑了。我在心中暗笑，孩子们的心，原来是这么脆弱的啊！教他们吃这种霹雳，真是残酷！

以后各校录取案发表的时候，我有意回避，不愿再看那种紧张的滋味。但听说后来的缓和得多，一则是因为那些学校被他们认为不好，取不取不足计较；二则小胆儿吓过几回，有些麻木了。不久，所有的学生都捞得了一个学校。于是找保人，缴学费，忙了几天。这时候在旅馆中所听到的谈话都是"我们的学校长，我们的学校短"一类的话了。但这些"我们"之中，其亲切的程度有差别。大概考取省立学校的人所说的"我们"是亲切的，而且带些骄傲的。考不取省立学校而只得进他们所谓不好的学校的人的"我们"，大概说得不亲切些。他们预备下半年再去考省立学校，迟早定要爬高去。

　　旱灾比我们来时更进步了，归乡水路不通，下火车后，须得步行三十里。考取学校的人，都鼓着勇气，跑回家去取行李。雇人挑了，星夜起程跑到火车站，乘车来杭入学。考取省立学校的人尤加起劲，跑路不嫌辛苦，置备入学用品也不惜金钱。似乎能够考得进去，便有无穷的后望，可以一辈子荣华富贵，吃用不尽似的。

一

我回忆儿时，有三件不能忘却的事。

第一件是养蚕。那是我五六岁时、我的祖母在世的事。我的祖母是一个豪爽而善于享乐的人，良辰佳节不肯轻轻放过。养蚕也每年大规模地举行。其实，我长大后才晓得，祖母的养蚕并非专为图利，叶贵的年头常要蚀本，然而她喜欢这暮春的点缀，故每年大规模地举行。我所喜欢的，最初是蚕落地铺。那时我们的三开间的厅上、地上统是蚕，架着经纬的跳板，以便通行及饲叶。蒋五伯挑了担到地里去采叶，我与诸姐跟了去，去吃桑葚。蚕落地铺的时候，桑葚已很紫很甜了，比杨梅好吃得多。我们吃饱之后，又用一张大叶做一只碗，采了一碗桑葚，跟了蒋五伯回来。蒋五伯饲蚕，我就以走跳板为戏乐，常常失足翻落地铺里，压死许多蚕宝宝，祖母忙喊蒋五伯抱我起来，不许我再走。然而这满屋的跳板，像棋盘街一样，又很低，走起来一点也不怕，真是有趣。这真是一年一度的难得的乐事！所以虽然祖母禁止，我总是每天要去走。

蚕上山之后，全家静默守护，那时不许小孩子们吵了，我暂时感到沉闷。然而过了几天，采茧，做丝，热闹的空气又浓起来了。我们每年照例请牛桥头七娘娘来做丝。蒋五伯每天买枇杷和软糕来给采茧、做丝、烧火的人吃。大家认为现在是辛苦而有希望的时候，应该享受这点心，都不客气地取食，我也无功受禄地天天吃多量的枇杷与软糕，这又是乐事。

七娘娘做丝休息的时候，捧了水烟筒，伸出她左手上的短少半段的小指给我看，对我说："做丝的时候，丝车后面，是万万不可走近去的。"她的小指，便是小时候不留心被丝车轴棒轧脱的。她又说："小囝囝不可走近丝车后面去，只管坐在我身旁，吃枇杷，吃软糕。还有做丝做出来的蚕蛹，叫妈妈油炒一炒，真好吃哩！"然而我始终不要吃蚕蛹，大概是我爸爸和诸姐都不吃的缘故。我所乐的，只是那时候家里的非常的空气。日常固定不动的堂窗、长台、八仙椅子，都收拾去，而变成不常见的丝车、匾、缸。又不断地公然地可以吃小食。

丝做好后，蒋五伯口中唱着"要吃枇杷，来年蚕罢"，收拾丝车，恢复一切陈设。我感到一种兴尽的寂寥。然而对于这种变换，倒也觉得新奇而有趣。

现在我回忆这儿时的事，常常使我神往！祖母、蒋五伯、七娘娘和诸姐都像童话里、戏剧里的人物了。且在我看来，他们当时这剧的主人公便是我。何等甜美的回忆！只是这剧的题材，现在我仔细想想觉得不好：养蚕做丝，在生计上原是幸福的，然其本身是数万的生灵的杀虐！《西青散记》[1]里面有两句仙人的诗句："自织藕丝衫子嫩，可怜辛苦赦春蚕。"安得人间也发明织藕丝的丝车，而尽赦天下的春蚕的性命！

我七岁上祖母死了[2]，我家不复养蚕。不久父亲与诸姐弟相继死亡，家道衰落了，我的幸福的儿时也过去了。因此这回忆一面使我永远神往，一面又使我永远忏悔。

二

第二件不能忘却的事，是父亲的中秋赏月，而赏月之乐的中心，在于吃蟹。

我的父亲中了举人之后，科举就废，他无事在家，每天吃酒、看书。他不要吃羊、牛、猪肉，而喜欢吃鱼、虾之类。而对于蟹，尤其喜欢。自七八月起直到冬天，父亲平日的晚酌规定吃一只蟹，一碗隔壁豆腐店里买来的开锅热豆腐干。他的晚酌，时间总在黄昏。八仙桌上一盏洋油灯，一把紫砂酒壶，一只盛热豆腐干的碎瓷盖碗，一把水烟筒，一本书，桌子角上一只端坐的老猫，我脑中这印象非常深刻，到现在还可以清楚地浮现出来，我在旁边看，有时他给我一只蟹脚或半块豆腐干。然我喜欢蟹脚。蟹的味道真好，我们五六个姊妹兄弟，都喜欢吃，也是为了父亲喜欢吃的缘故。只有母亲与我们相反，喜欢吃肉，而不喜欢又不会吃蟹，吃的时候常常被蟹螯上的刺刺开手指，

---

1 《西青散记》是清代史震林所作的写实笔记，记录了才华卓越却命运多舛的女词人贺双卿的生平与作品。
2 作者于1898年11月出生，他的祖母1902年12月去世，如按作者家乡习惯算虚岁，应为五岁。

出血；而且抉剔得很不干净。父亲常常说她是外行。父亲说："吃蟹是风雅的事，吃法也要内行才懂得。先折蟹脚，后开蟹斗……脚上的拳头（即关节）里的肉怎样可以吃干净，脐里的肉怎样可以剔出……脚爪可以当作剔肉的针……蟹螯上的骨头可以拼成一只很好看的蝴蝶……父亲吃蟹真是内行，吃得非常干净。所以陈妈妈说："老爷吃下来的蟹壳，真是蟹壳。"

蟹的储藏所，就在开井角落里的缸里，经常总养着十来只。到了七夕、七月半、中秋、重阳等节候上，缸里的蟹就满了，那时我们都有得吃，而且每人得吃一大只，或一只半。尤其是中秋一天，兴致更浓。在深黄昏，移桌子到隔壁的白场[1]上的月光下面去吃。更深人静，明月底下只有我们一家的人，恰好围成一桌，此外只有一个供差使的红英坐在旁边。大家谈笑，看月亮，他们——父亲和诸姐——直到月落明光，我则半途睡去，与父亲和诸姐不分而散。

这原是为了父亲嗜蟹，以吃蟹为中心而举行的。故这种夜宴，不仅限于中秋，有蟹的季节里的月夜，无端也要举行数次。不过不是良辰佳节，我们少吃一点。有时两人分吃一只。我们都学父亲，剥得很精细，剥出来的肉不是立刻吃的，都积受在蟹斗里，剥完之后，放一点姜醋，拌一拌，就作为下饭的菜，此外没有别的菜了。因为父亲吃菜是很省的，而且他说蟹是至味，吃蟹时混吃别的菜肴，是乏味的。我们也学他，半蟹斗的蟹肉，过两碗饭还有余，就可得父亲的称赞，又可以白口吃下余多的蟹肉，所以大家都勉力节省。现在回想那时候，半条蟹腿肉要过两大口饭，这滋味真好！自父亲死了以后，我不曾再尝这种好滋味。现在，我已经自己做父亲，况且已经茹素，当然

---

1 作者家乡话，意即场地。

永远不会再尝这滋味了。唉！儿时欢乐，何等使我神往！

然而这一剧的题材，仍是生灵的杀虐！因此这回忆一面使我永远神往，一面又使我永远忏悔。

三

第三件不能忘却的事，是与隔壁豆腐店里的王囡囡的交游，而这交游的中心，在于钓鱼。

那是我十二三岁时的事，隔壁豆腐店里的王囡囡是当时我的小侣伴中的大阿哥。他是独子，他的母亲、祖母和大伯，都很疼爱他，给他很多的钱和玩具，而且每天放任他在外游玩。他家与我家贴邻而居。我家的人们每天赴市，必须经过他家的豆腐店的门口，两家的人们朝夕相见，互相来往。小孩们也朝夕相见，互相来往。此外他家对于我家似乎还有一种邻人以上的深切的交谊，故他家的人对于我特别要好，他的祖母常常拿自产的豆腐干、豆腐衣等来送给我父亲下酒。同时在小侣伴中，王囡囡也特别和我要好。他的年纪比我大，气力比我好，生活比我丰富，我们一道游玩的时候，他时时引导我，照顾我，犹似长兄对于幼弟。我们有时就在我家的染坊店里的榻上玩耍，有时相偕出游。他的祖母每次看见我俩一同玩耍，必叮嘱囡囡好好看待我，勿要相骂。我听人说，他家似乎曾经患难，而我父亲曾经帮他们忙，所以他家大人们吩咐王囡囡照应我。

我起初不会钓鱼，是王囡囡教我的。他叫大伯买两副钓竿，一副送我，一副他自己用。他到米桶里去捉许多米虫，浸在盛水的罐头里，领了我到木场桥头去钓鱼。他教给我看，先捉起一个米虫来，把钓钩从虫尾穿进，直穿到头部。然后放下水去。他又说："浮珠一动，你要立刻拉，那么钩子钩住鱼的颚，鱼就逃不脱。"我照他所教的试验，果然第一天钓了十几头白条，然而都是他帮我拉钓竿的。

第二天，他手里拿了半罐头扑杀的苍蝇，又来约我去钓鱼。途中他对我说："不一定是米虫，用苍蝇钓鱼更好。鱼喜欢吃苍蝇！"这一天我们钓了一小桶各种的鱼。回家的时候，他把鱼桶送到我家里，说他不要。我母亲就叫红英去煎一煎，给我下晚饭。

自此以后，我只管喜欢钓鱼。不一定要王囡囡陪去，自己一人也去钓，又学得了掘蚯蚓来钓鱼的方法。而且钓来的鱼，不仅够自己下晚饭，还可送给店里的人吃，或给猫吃。我记得这时候我的热心钓鱼，不仅出于游戏欲，又有几分功利的兴味在内。有三四个夏季，我热心于钓鱼，给母亲省了不少的菜蔬钱。

后来我长大了，赴他乡入学，不复有钓鱼的工夫。但在书中常常读到赞咏钓鱼的文句，例如什么"独钓寒江雪"，什么"渔樵度此身"，才知道钓鱼原来是很风雅的事。后来又晓得所谓"游钓之地"的美名称，是形容人的故乡的。我大受其煽惑，为之大发牢骚：我想"钓鱼确是雅的，我的故乡，确是我的游钓之地，确是可怀的故乡"。但是现在想想，不幸而这题材也是生灵的杀虐！

我的黄金时代很短，可怀念的又只有这三件事。不幸而都是杀生取乐，都使我永远忏悔。

　　我的左额上有一条同眉毛一般长短的疤。这是我儿时游戏中在门槛上跌破了头颅而结成的。相面先生说这是破相，这是缺陷。但我自己美其名曰"梦痕"。因为这是我的梦一般的儿童时代所遗留下来的唯一的痕迹。由这痕迹可以探寻我的儿童时代的美丽的梦。

　　我四五岁时，有一天，我家为了"打送"（吾乡风俗，亲戚家的孩子第一次上门来做客，辞去时，主人家必做几盘包子送他，名曰"打送"）某家的小客人，母亲、姑母、婶母和诸姐们都在做米粉包子。厅屋的中间放一只大匾，匾的中央放一只大盘，盘内盛着一大堆黏土一般的米粉，和一大碗做馅用的甜甜的豆沙。母亲们大家围坐在大匾的四周。各人卷起衣袖，向盘内摘取一块米粉来，捏做一只碗的形状；挟取一筷豆沙来藏在这碗内；然后把碗口收拢来，做成一个圆子。再用手法把圆子捏成三角形，扭出三条绞丝花纹的脊梁来；最后在脊梁凑合的中心点上打一个红色的"寿"字印子，包子便做成。

一圈一圈地陈列在大匾内，样子很是好看。大家一边做，一边兴高采烈地说笑。有时说谁的做得太小，谁的做得太大；有时盛称姑母的做得太玲珑，有时笑指母亲的做得像个饼。笑语之声，充满一堂。这是一年中难得的全家欢笑的日子。而在我，做孩子们的，在这种日子更有无上的欢乐；在准备做包子时，我得先吃一碗甜甜的豆沙。做的时候，我只要吵闹一下子，母亲们会另做一只小包子来给我当场就吃。新鲜的米粉和新鲜的豆沙，热热地做出来就吃，味道是好不过的。我往往吃一只不够，再吵闹一下子就有得吃第二只。倘然吃第二只还不够，我可嚷着要替她们打寿字印子。这印子是不容易打的：蘸的水太多了，打出来一塌糊涂，看不出寿字；蘸的水太少了，打出来又不清楚；况且位置要摆得正，歪了就难看；打坏了又不能揩抹涂改。所以我嚷着要打印子，是母亲们所最怕的事。她们便会和我商量，把做圆子收口时摘下来的一小粒米粉给我，叫我"自己做来自己吃"。这正是我所盼望的主目的！开了这个例之后，各人做圆子收口时摘下来的米粉，就都得照例归我所有。再不够时还得要求向大盘中扭一把米粉来，自由捏造各种粘土手工：捏一个人，团拢了，改捏一个狗；再团拢了，再改捏一支水烟管……捏到手上的龌龊都混入其中，而雪白的米粉变成了灰色的时候，我再向她们要一朵豆沙来，裹成各种三不像的东西，吃下肚子里去。这一天因为我吵得特别厉害些，姑母做了两只小巧玲珑的包子给我吃，母亲又外加摘一团米粉给我玩。为求自由，我不在那场上吃弄，拿了到店堂里，和五哥哥一同玩弄。五哥哥者，后来我知道是我们店里的学徒，但在当时我只知道他是我儿时的最亲爱的伴侣。他的年纪比我长，智力比我高，胆量比我大，他常做出种种我所意想不到的玩意儿来，使得我惊奇。这一天我把包子和米粉拿出去同他共玩，他就寻出几个印泥菩萨的小形的红泥印子来，教我印米粉菩萨。

后来我们争执起来，他拿了他的米粉菩萨逃。我就拿了我的米粉菩萨追。追到排门旁边，我跌了一跤，额骨磕在排门槛上，磕了眼睛大小的一个洞，便晕迷不省。等到知觉的时候，我已被抱在母亲手里，外科郎中蔡德本先生，正在用布条向我的头上重重叠叠地包裹。

自从我跌伤以后，五哥哥每天乘店里空闲的时候到楼上来省问我。来时必然偷偷地从衣袖里摸出些我所爱玩的东西来——例如关在自来火匣子里的几只叩头虫、洋皮纸人头、老菱壳做成的小脚、顺治铜钿[1]磨成的小刀等——送给我玩，直到我额上结成这个疤。

讲起我额上的疤的来由，我的回想中印象最清楚的人物，莫如五哥哥。而五哥哥的种种可惊可喜的行状，与我的儿童时代的欢乐，也便跟了这回想而历历地浮出到眼前来。

他的行为的顽皮，我现在想起了还觉吃惊。但这种行为对于当时的我，有莫大的吸引力。使我时时刻刻追随他，自愿地做他的从者。他用手捉住一条大蜈蚣，摘去了它的有毒的钩爪，而藏在衣袖里，走到各处，随时拿出来吓人。我跟了他走，欣赏他的把戏。他有时偷偷地把这条蜈蚣放在别人的瓜皮帽子上，让它沿着那人的额骨爬下去，吓得那人直跳起来。有时怀着这条蜈蚣去蹲坑，等候邻席的登坑者正在拉粪的时候，把蜈蚣弄在他的裤子上，使得那人扭着裤子乱跳，累了满身的粪。又有时当众人面前他偷把这条蜈蚣放在自己的额上，假装被咬的样子而号啕大哭起来，使得满座的人惊惶失措，七手八脚地为他营救。正在危急存亡的时候，他伸起手来收拾了这条蜈蚣，忽

---

1 指清朝顺治年间铸造的圆形方孔铜币。

然破涕为笑，一缕烟逃走了。后来这套戏法渐渐做穿，有的人警告他说，若是再拿出蜈蚣来，要打头颈拳[1]了。于是他换出别种花头来：他躲在门口，等候警告打头颈拳的人将走出门，突然大叫一声，倒身在门槛边的地上，乱滚乱撞，哭着嚷着，说是践踏了一条臂膀粗的大蛇，但蛇是已经钻进榻底下去了。走出门来的人被他这一吓，实在魂飞魄散；但见他的受难比他更深，也无可奈何他，只怪自己的运气不好。他看见一群人蹲在岸边钓鱼，便参加进去，和蹲着的人闲谈。同时偷偷地把其中相接近的两人的辫子梢头结住了，自己就走开，躲到远处去作壁上观。被结住的两人中若有一人起身欲去，滑稽剧就演出来给他看了。诸如此类的恶戏，不胜枚举。

现在回想他这种玩耍，实在近于为虐的戏谑。但当时他热心地创作，而热心地欣赏的孩子，也不止我一个。世间的严正的教育者，请稍稍原谅他的顽皮！我们的儿时，在私塾里偷偷地玩了一个折纸手工，是要遭先生用铜笔套管在额骨上猛钉几下，外加在至圣先师孔子之神位面前跪一支香的！

况且我们的五哥哥也曾用他的智力和技术来发明种种富有趣味的玩意，我现在想起了还可以神往。暮春的时候，他领我到田野去偷新蚕豆。把嫩的生吃了，而用老的来做"蚕豆水龙"。其做法，用煤头纸把老蚕豆荚熏得半熟，剪去其下端，用手一捏，荚里的两粒豆就从下端滑出，再将荚的顶端稍稍剪去一点，使成一个小孔。然后把豆荚放在水里，待它装满了水，以一手的指捏住其下端而取出来，再以另一手的指用力压榨豆荚，一条细长的水带便从豆荚的顶端的小孔内射出。制法精巧的，射水可达一二丈之远。他又教我"豆梗笛"的做法：

---

1 作者家乡话，意即打耳光。

摘取豌豆的嫩梗长约寸许，以一端塞入口中轻轻咬嚼，吹时便发嗜嗜之音。再摘取蚕豆梗的下段，长约四五寸，用指爪在梗上均匀地开几个洞，做成笛的样子。然后把豌豆梗插入这笛的一端，用两手的指随意启闭各洞而吹奏起来，其音宛如无腔之短笛。他又教我用洋蜡烛的油做种种的浇造和塑造。用芋艿或番薯刻种种的印版，大类现今的木版画。……诸如此类的玩意，亦复不胜枚举。

现在我对这些儿时的乐事久已缘远了。但在说起我额上的疤的来由时，还能热烈地回忆神情活跃的五哥哥和这种兴致蓬勃的玩意儿。谁言我左额上的疤痕是缺陷？这是我的儿时欢乐的佐证，我的黄金时代的遗迹。过去的事，一切都同梦幻一般地消灭，没有痕迹留存了。只有这个疤，好像是"脊杖二十，刺配军州"时打在脸上的金印，永久地明显地录着过去的事实，一说起就可使我历历地回忆前尘。仿佛我是在儿童世界的本贯地方犯了罪，被刺配到这成人社会的"远恶军州"来的。这无期的流刑虽然使我永无还乡之望，但凭这脸上的金印，还可回溯往昔，追寻故乡的美丽的梦啊！

作父亲

　　楼窗下的弄里远地传来一片声音："咿哟，咿哟……"渐近渐响起来。

　　一个孩子从算草簿中抬起头来，张大眼睛倾听一会儿，"小鸡！小鸡！"叫了起来。四个孩子同时放弃手中的笔，飞奔下楼，好像路上的一群麻雀听见了行人的脚步声而飞去一般。

　　我刚才扶起他们所带倒的凳子，拾起桌子上滚下去的铅笔，听见大门口一片呐喊："买小鸡！买小鸡！"其中又混着哭声。连忙下楼一看，原来元草因为落伍而狂奔，在庭中跌了一跤，跌痛了膝盖骨不能再跑，恐怕小鸡被哥哥、姐姐们买完了轮不着他，所以激烈地哭着。我扶他走出大门口，看见一群孩子正向一个挑着一担"咿哟，咿哟"的人招呼，欢迎他走近来。元草立刻离开我，上前去加入团体，且跳且喊："买小鸡！买小鸡！"泪珠跟了他的一跳一跳而从脸上滴到地上。

　　孩子们见我出来，大家回转身来包围了我。"买小鸡！买小鸡！"

的喊声由命令的语气变成了请愿的语气，喊得比前更响了。他们仿佛想把这些音蓄入我的身体中，希望它们由我的口上开出来。独有元草直接拉住了担子的绳而狂喊。

我全无养小鸡的兴趣；而且想起了以后的种种麻烦，觉得可怕。但乡居寂寥，绝对屏除外来的诱惑而强迫一群孩子在看惯的几间屋子里隐居这一个星期日，似也有些残忍。且让这个"咿哟，咿哟"来打破门庭的岑寂，当作长闲的春昼的一种点缀吧。我就招呼挑担的，叫他把小鸡给我们看看。

他停下担子，揭开前面的一笼。"咿哟，咿哟"的声音忽然放大。但见一个细网的下面，蠕动着无数可爱的小鸡，好像许多活的雪球。五六个孩子蹲集在笼子的四周，一齐倾情地叫着："好来！好来！"一瞬间我的心也屏绝了思虑而没入在这些小动物的姿态的美中。体会了孩子们对于小鸡的热爱的心情。许多小手伸入笼中，竞指一只纯白的小鸡，有的几乎要隔网捉住它。挑担的忙把盖子无情地冒上，许多"咿哟，咿哟"的雪球和一群"好来，好来"的孩子就变成了咫尺天涯。孩子们怅望笼子的盖，依附在我的身边，有的伸手摸我的袋。我就向挑担的人说话：

"小鸡卖几钱一只？"

"一块洋钱四只。"

"这样小的，要卖二角半钱一只？可以便宜些否？"

"便宜勿得，二角半钱最少了。"

他说过，挑起担子就走。大的孩子脉脉含情地目送他，小的孩子拉住了我的衣襟而连叫"要买！要买！"挑担的越走得快，他们喊得越响，我摇手止住孩子们的喊声，再向挑担的问：

"一角半钱一只卖不卖？给你六角钱买四只吧！"

"没有还价！"

他并不停步，但略微旋转头来说了这一句话，就赶紧向前面跑。"咿哟，咿哟"的声音渐渐地远起来了。

元草的喊声就变成哭声。大的孩子锁着眉头不绝地探望挑担者的背影，又注视我的脸色。我用手掩住了元草的口，再向挑担人远远地招呼：

"二角大洋一只，卖了吧！"

"没有还价！"

他说过便昂然地向前进行。悠长地叫出一声"卖——小——鸡——！"其背影便在弄口的转角上消失了。我这里只留着一个号啕大哭的孩子。

对门的大嫂子曾经从矮门上探头出来看过小鸡，这时候就拿着针线走出来，倚在门上，笑着劝慰哭的孩子，她说：

"不要哭！等一会儿还有担子挑来，我来叫你呢！"

她又笑着向我说：

"这个卖小鸡的想做好生意。他看见小孩子哭着要买，越是不肯让价了。昨天坍墙圈里买的一角洋钱一只，比刚才的还大一半呢！"

我同她略谈了几句，硬拉了哭着的孩子回进门来。别的孩子也懒洋洋地跟了进来。我原想为长闲的春昼找些点缀而走出门口来的，不料讨个没趣，扶了一个哭着的孩子而回进来。庭中柳树正在骀荡的春光中摇曳柔条，堂前的燕子正在安稳的新巢上低徊软语。我们这个刁巧的挑担者和痛哭的孩子，在这一片和平美丽的春景中很不调和啊！

关上大门，我一面为元草揩拭眼泪，一面对孩子们说：

"你们大家说'好来，好来'，'要买，要买'，那人就不肯让价了！"

　　小的孩子听不懂我的话，继续抽噎着；大的孩子听了我的话若有所思。我继续抚慰他们：

　　"我们等一会儿再来买吧，隔壁大妈会喊我们的。但你们下次……"

　　我不说下去了。因为下面的话是"看见好的嘴上不可说好，想要的嘴上不可说要"。倘再进一步，就变成"看见好的嘴上应该说不好，想要的嘴上应该说不要"了。在这一片天真烂漫光明正大的春景中，向哪里容藏这样教导孩子的一个父亲呢？

儿女

　　回想四个月以前，我犹似押送囚犯，突然地把小燕子似的一群儿女从上海的租寓中拖出，载上火车，送回乡间，关进低小的平屋中。自己仍回到上海的租界中，独居了四个月。这举动究竟出于什么旨意，本于什么计划，现在回想起来，连自己也不相信。其实旨意与计划，都是虚空的，自骗自扰的，实际于人生有什么利益呢？只赢得世故尘劳，做弄几番欢愁的感情，增加心头的创痕罢了！

　　当时我独自回到上海，走进空寂的租寓，心中不绝地浮起这两句《楞严经》经文："十方虚空在汝心中，犹如白云点太清里；况诸世界在虚空耶！"

　　晚上整理房室，把剩在灶间里的篮钵、器皿、余薪、余米，以及其他三年来寓居中所用的家常零星物件，尽行送给来帮我做短工的邻近的小店里的儿子。只有四双破旧的小孩子的鞋子（不知为什么缘故），我不送掉，拿来整齐地摆在自己的床下，而且后来看到的时候常常感到一种无名的愉快。直到好几天之后，邻居的友人过来闲谈，说起这床下的小鞋子阴气迫人，我方始悟到自己的痴态，就把它们拿掉了。

朋友们说我关心儿女。我对于儿女的确关心，在独居中更常有悬念的时候。但我自以为这关心与悬念中，除了本能以外，似乎尚含有一种更强的加味。所以我往往不顾自己的画技与文笔的拙陋，动辄描摹。因为我的儿女都是孩子们，最年长的不过九岁，所以我对于儿女的关心与悬念中，有一部分是对于孩子们——普天下的孩子们——的关心与悬念。他们成人以后我对他们怎样？现在自己也不能晓得，但可推知其一定与现在不同，因为不复含有那种加味了。

回想过去四个月的悠闲宁静的独居生活，在我也颇觉得可恋，又可感谢。然而一旦回到故乡的平屋里，被围在一群儿女的中间的时候，我又不禁自伤。因为我那种生活，或枯坐，默想，或钻研，搜求，或敷衍，应酬，比较起他们的天真、健全、活跃的生活来，明明是变态的，病的，残废的。

有一个炎夏的下午，我回到家中了。第二天的傍晚，我领了四个孩子——九岁的阿宝、七岁的软软、五岁的瞻瞻、三岁的阿韦——到小院中的槐荫下，坐在地上吃西瓜。夕暮的紫色中，炎阳的红味渐渐消减，凉夜的青味渐渐加浓起来。微风吹动孩子们的细丝一般的头发，身体上汗气已经全消，百感畅快的时候，孩子们似乎已经充溢着生的欢喜，非发泄不可了。

最初是三岁的孩子的音乐的表现，他满足之余，笑嘻嘻摇摆着身子，口中一面嚼西瓜，一面发出一种像花猫偷食时候的"ngam ngam"的声音来。这音乐的表现立刻唤起了五岁的瞻瞻的共鸣，他接着发表他的诗："瞻瞻吃西瓜，宝姊姊吃西瓜，软软吃西瓜，阿韦吃西瓜。"这诗的表现又立刻引起了七岁与九岁的孩子的散文的、数学的兴味：他们立刻把瞻瞻的诗句的意义归纳起来，报告其结果："四个人吃四块西瓜。"

于是我就做了评判者，在自己心中批判他们的作品。我觉得三岁的阿韦的音乐的表现最为深刻而完全，最能全般表出他的欢喜的感情。五岁的瞻瞻把这欢喜的感情翻译为（他的）诗，已打了一个折扣；然尚带着节奏与旋律的分子，犹有活跃的生命流露着。至于软软与阿宝的散文的、数学的、概念的表现，比较起来更肤浅一层。然而看他们的态度，全部精神没入在吃西瓜的一事中，其明慧的心眼，比大人们所见的完全得多。天地间最健全的心眼，只是孩子们的所有物，世间事物的真相，只有孩子们能最明确、最完全地见到。我比起他们来，真的心眼已经被世智尘劳所蒙蔽，所斫丧，是一个可怜的残废者了。我实在不敢受他们"父亲"的称呼，倘然"父亲"是尊崇的。

我在平屋的南窗下暂设一张小桌子，上面按照一定的秩序而布置着稿纸、信笺、笔砚、墨水瓶、糨糊瓶、时表和茶盘等，不喜欢别人来任意移动，这是我独居时的惯癖。

我——我们大人——平常的举止，总是谨慎、细心、端详、斯文。例如磨墨，放笔，倒茶等，都小心从事，故桌上的布置每日依然，不致破坏或扰乱。因为我的手足的筋觉已经由于屡受物理的教训而深深地养成一种谨惕的惯性了。然而孩子们一爬到我的案上，就捣乱我的秩序，破坏我的桌上的构图，毁损我的器物。他们拿起自来水笔来一挥，洒了一桌子又一衣襟的墨水点；又把笔尖蘸在糨糊瓶里。他们用劲拔开毛笔的铜笔套，手背撞翻茶壶，壶盖打碎在地板上……这在当时实在使我不耐烦，我不免哼喝他们，夺脱他们手里的东西，甚至批他们的小颊。

然而我立刻后悔：哼喝之后立刻继之以笑，夺了之后立刻加倍奉还，批颊的手在中途软却，终于变批为抚。因为我立刻自悟其非：我要求孩子们的举止同我自己一样，何其乖谬！我——我们大人——的举止谨惕，是为了身体手足的筋觉已经受了种种现实的压迫而痉挛了的缘故。孩子们尚保有天赋的健全的身手与真朴活跃的元气，岂像我们的穷屈？揖让、进退、规行、矩步等大人们的礼貌，犹如刑具，都是戕贼这天赋的健全的身手的。于是活跃的人逐渐变成了手足麻痹、半身不遂的残废者。残废者要求健全者的举止同他自己一样，何其乖谬！

儿女对我的关系如何？我不曾预备到这世间来做父亲，故心中常是疑惑不明，又觉得非常奇怪。我与他们（现在）完全是异世界的人，他们比我聪明、健全得多；然而他们又是我所生的儿女。这是何等奇妙的关系！世人以膝下有儿女为幸福，希望以儿女永续其自我，我实在不解他们的心理。

我以为世间人与人的关系，最自然最合理的莫如朋友。君臣、父子、昆弟、夫妇之情，在十分自然合理的时候都不外乎是一种广义的友谊。所以朋友之情，实在是一切人情的基础。"朋，同类也。"并育于大地上的人，都是同类的朋友，共为大自然的儿女。世间的人，忘却了他们的大父母，而只知有小父母，以为父母能生儿女，儿女为父母所生，故儿女可以永续父母的自我，而使之永存。于是无子者叹天道之无知，子不肖者自伤其天命，而狂进杯中之物，其实天道有何厚薄于其齐生并育的儿女！我真不解他们的心理。

近来我的心为四事所占据了：天上的神明与星辰，人间的艺术与儿童，这小燕子似的一群儿女，是在人世间与我因缘最深的儿童，他们在我心中占有与神明、星辰、艺术同等的地位。

给我的孩子们

　　我的孩子们！我憧憬于你们的生活，每天不止一次！我想委曲地说出来，使你们自己晓得。可惜到你们懂得我话的意思的时候，你们将不复是可以使我憧憬的人了。这是何等可悲哀的事啊！

　　瞻瞻！你尤其可佩服。你是身心全部公开的真人。你什么事体都像拼命地用全副精力去对付。小小的失意，像花生米翻落地了，自己嚼了舌头了，小猫不肯吃糕了，你都要哭得嘴唇翻白，昏去一两分钟。外婆普陀去烧香买回来给你的泥人，你何等鞠躬尽瘁地抱他，喂他；有一天你自己失手把他打破了，你的号哭的悲哀，比大人们的破产，失恋，broken heart（心碎），丧考妣，全军覆没的悲哀都要真切。两把芭蕉扇做的脚踏车，麻雀牌堆成的火车、汽车，你何等认真地看待，挺直了嗓子叫"汪——""咕咕咕……"，来代替汽笛。宝姐姐讲故事给你听，说到"月亮姐姐挂下一只篮来，宝姐姐坐在篮里吊了上去，瞻瞻在下面看"的时候，你何等激昂地同她争，说"瞻瞻要上去，宝姐姐在下面看！"，甚至哭到漫姑面前去求审判。我每次剃了头，你真心地疑我变了和尚，好几时不要我抱。最是今年夏天，你坐在我膝上发现了我腋下的长毛，当作黄鼠狼的时候，你何等伤心，你立刻从我身上爬下去，起初眼瞪瞪地对我端相，继而大失所望地号哭，看看，哭哭，如同对被判定了死罪的亲友一样。你要我抱你到车站里去，多多益善地要买香蕉，满满地擒了两手回来，回到门口时你已经熟睡在我的肩上，手里的香蕉不知落在哪里去了。这是何等可佩服的真率，自然与热情！大人间的所谓"沉默""含蓄""深刻"的美德，比起你来，全是不自然的、病的、伪的！

你们每天做火车，做汽车，办酒，请菩萨，堆六面画，唱歌，全是自动的，创造创作的生活。大人们的呼号"归自然！""生活的艺术化！""劳动的艺术化！"在你们面前真是出丑得很了！依样画几笔画，写几篇文的人称为艺术家，创作家，对你们更要愧死！

你们的创作力，比大人真是强盛得多哩：瞻瞻！你的身体不及椅子的一半，却常常要搬动它，与它一同翻倒在地上；你又要把一杯茶横转来藏在抽斗里，要皮球停在壁上，要拉住火车的尾巴，要月亮出来，要天停止下雨。在这等小小的事件中，明明表示着你们的小弱的体力与智力不足以应付强盛的创作欲、表现欲的驱使，因而遭逢失败。然而你们是不受大自然的支配，不受人类社会的束缚的创造者，所以你的遭逢失败，例如火车尾巴拉不住，月亮呼不出来的时候，你们决不承认是事实的不可能，总以为是爹爹妈妈不肯帮你们办到，同不许你们弄自鸣钟同例，所以愤愤地哭了，你们的世界何等广大！

你们一定想：终天无聊地伏在案上弄笔的爸爸，终天闷闷地坐在窗下弄引线的妈妈，是何等无气性的奇怪的动物！你们所视为奇怪动物的我与你们的母亲，有时确实难为了你们，摧残了你们，回想起来，真是不安心得很！

阿宝！有一晚你拿软软的新鞋子，和自己脚上脱下来的鞋子，给凳子的脚穿了，划袜立在地上，得意地叫"阿宝两只脚，凳子四只脚"的时候，你母亲喊着"龌龊了袜子！"立刻擒你到藤榻上，动手毁坏你的创作。当你蹲在榻上注视你母亲动手毁坏的时候，你的小心里一定感到"母亲这种人，何等煞风景而野蛮"吧！

瞻瞻！有一天开明书店送了几册新出版的毛边的《音乐入门》来。我用小刀把书页一张一张地裁开，你侧着头，站在桌边默默地看。后来我从学校回来，你已经在我的书架上拿了一本连史纸印的中国装的《楚辞》，把它裁破了十几页，得意地对我说："爸爸！瞻瞻也会裁了！"瞻瞻！这在你原是何等成功的欢喜，何等得意的作品！却被我一个惊骇的"哼！"字喊得你哭了。那时候你也一定抱怨"爸爸何等不明"吧！

软软！你常常要弄我的长锋羊毫，我看见了总是无情地夺脱你。现在你一定轻视我，想到："你终于要我画你的画集的封面！"

最不安心的，是有时我还要拉一个你们所最怕的陆露沙医生来，教他用他的大手来摸你们的肚子，甚至用刀来在你们臂上割几下，还要教妈妈和漫姑擒住了你们的手脚，捏住了你们的鼻子，把很苦的水灌到你们的嘴里去。这在你们一定认为是太无人道的野蛮举动吧！

孩子们！你们果真抱怨我，我倒欢喜；到你们的抱怨变为感谢的时候，我的悲哀来了！

我在世间，永没有逢到像你们这样出肺肝相示的人。世间的人群结合，永没有像你们样的彻底地真实而纯洁。最是我到上海去干了无聊的所谓"事"回来，或者去同不相干的人们做了叫作"上课"的一种把戏回来，你们在门口或车站旁等我的时候，我心中何等惭愧又欢喜！惭愧我为什么去做这等无聊的事，欢喜我又得暂时放怀一切地加入你们的真生活的团体。

但是，你们的黄金时代有限，现实终于要暴露的。这是我经验过来的情形，也是大人们谁也经验过的情形。我眼看见儿时的伴侣中的英雄，好汉，一个个退缩、顺从、妥协、屈服起来，到像绵羊的地步。我自己也是如此。"后之视今，亦犹今之视昔"，你们不久也要走这条路呢！

我的孩子们！憧憬于你们的生活的我，痴心要为你们永远挽留这黄金时代在这册子里。然这真不过像"蜘蛛网落花"略微保留一点春的痕迹而已。且到你们懂得我这片心情的时候，你们早已不是这样的人，我的画在世间已无可印证了！这是何等可悲哀的事啊！

从孩子得到的启示

晚上喝了三杯老酒，不想看书，也不想睡觉，捉一个四岁的孩子华瞻来骑在膝上，同他寻开心。我随口问：

"你最喜欢什么事？"

他仰起头一想，率然地回答：

"逃难。"

我倒有点奇怪"逃难"两字的意义，在他不会懂得，为什么偏偏选择它？倘然懂得，更不应该喜欢了。我就设法探问他：

"你晓得逃难就是什么？"

"就是爸爸、妈妈、宝姐姐、软软……娘姨，大家坐汽车，去看大轮船。"

啊！原来他的"逃难"的观念是这样的！他所见的"逃难"，是"逃难"的这一面！这真是最可喜欢的事！

一个月以前，上海还属孙传芳的时代，国民革命军将到上海的消息日紧一日，素不看报的我，这时候也订一份《时事新报》，每天早晨看一遍。有一天，我正在看昨天的旧报，等候今天的新报的时候，忽然上海方面枪炮声响了，大家惊惶失色，立刻约了邻人，扶老携幼地逃到附近的妇孺救济会里去躲避。其实倘然此地果真进了战线，或到了败兵，妇孺救济会也是不能救济的。不过当时张皇失措，有人提议这办法，大家就假定它为安全地带，逃了进去。那里面地方很大，有花园、假山、小川、亭台、曲栏、长廊、花树、白鸽，孩子们一进去，登临盘桓，快乐得如入新天地了。忽然兵车在墙外轰过，上海方面的机关枪声、炮声，愈响愈近，又愈密了。大家坐定之后，听听，想想，方才觉得这里也不是安全地带，当初不过是自骗罢了。有决断的人先出来雇汽车逃往租界。每走出一批人，留在里面的人增一次恐慌。我们集合邻人来商议，也决定出来雇汽车，逃到杨树浦的沪江大学。于是立刻把小孩子们从假山中、栏杆内捉出来，装进汽车里，飞奔杨树浦了。

所以决定逃到沪江大学者，因为一则有邻人与该校熟识，二则该校是外国人办的学校，较为安全可靠。枪炮声渐远渐弱，到听不见了的时候，我们的汽车已到沪江大学。他们安排一个房间给我们住，又为我们代办膳食。傍晚，我坐在校旁黄浦江边的青草堤上，怅望云水遥忆故居的时候，许多小孩子采花、卧草，争看无数的帆船、轮船的驶行，又是快乐得如入新天地了。

次日，我同一邻人步行到故居来探听情形的时候，青天白日的旗子已经招展在晨风中，人人面有喜色，似乎从此可庆承平了。我们就雇汽车去迎回避难的眷属，重开我们的窗户，恢复我们的生活。从此"逃难"两字就变成家人的谈话的资料。

这是"逃难"。这是多么惊慌、紧张而忧患的一种经历！然而人物一无损丧，只是一次虚惊，过后回想，这回好似全家的人突发地出门游览两天。我想假如我是预言者，晓得这是虚惊，我在逃难的时候将何等有趣！素来难得全家出游的机会，素来少有坐汽车、游览、参观的机会。那一天不论时，不论钱，浪漫地、豪爽地、痛快地举行这游历，实在是人生难得的快事！只有小孩子真果感得这快味！他们逃难回来以后，常常拿香烟簏子来叠作栏杆、小桥、汽车、轮船、帆船；常常问我关于轮船、帆船的事；墙壁上及门上又常常有有色粉笔画的轮船、帆船、亭子、石桥的壁画出现。可见这"逃难"，在他们脑中有难忘的欢乐的印象。所以今晚我无端地问华瞻最喜欢什么事，他立刻选定这"逃难"。原来他所见的，是"逃难"的这一面。

不止这一端：我们所打算，计较，争夺的洋钱，在他们看来个个是白银的浮雕的胸章；仆仆奔走的行人，扰扰攘攘的社会，在他们看来个个是无目的地在游戏，在演剧；一切建设，一切现象，在他们看来都是大自然的点缀、装饰。

唉！我今晚受了这孩子的启示了：他能撤去世间事物的因果关系的网，看见事物的本身的真相。他是创造者，能赋给生命于一切的事物，他们是"艺术"的国土的主人。唉，我要从他学习！

送阿宝出黄金时代

阿宝，我和你在世间相聚，至今已十四年了，在这五千多天内，我们差不多天天在一处，难得有分别的日子。我看着你呱呱坠地，嘤嘤学语，看你由吃奶改为吃饭，由匍匐学成跨步。你的变态微微地逐渐地展进，没有痕迹，使我全然不知不觉，以为你始终是我家的一个孩子，始终是我们这家庭里的一种点缀，始终可做我和你母亲的生活的慰安者。然而近年来，你态度行为的变化，渐渐证明其不然。你已在我们的不知不觉之间长成了一个少女，快将变为成人了。古人谓"父母之年不可不知也，一则以喜，一则以惧"。我现在反行了古人的话，在送你出黄金时代的时候，也觉得悲喜交集。

所喜者，近年来你的态度行为的变化，都是你将由孩子变成成人的表示。我的辛苦和你母亲的劬劳似乎有了成绩，私心庆慰。所悲者，你的黄金时代快要度尽，现实渐渐暴露，你将停止你的美丽的梦，而开始生活的奋斗了，我们仿佛丧失了一个从小依傍在身边的孩子，而另得了一个新交的知友。"乐莫乐兮新相知"，然而旧日天真烂漫的阿宝，从此永远不得再见了！

记得去春有一天，我拉了你的手在路上走。落花的风把一阵柳絮吹在你的头发上，脸孔上，和嘴唇上，使你好像冒了雪，生了白胡须。我笑着搂住了你的肩，用手帕为你拂拭。你也笑着，仰起了头依在我的身旁。这在我们原是极寻常的事：以前每天你吃过饭，是我同你洗脸的。然而路上的人向我们注视，对我们窃笑，其意思仿佛在说："这样大的姑娘儿，还在路上教父亲搂住了拭脸孔！"我忽然看见你的身体似乎高大了，完全发育了，已由中性似的孩子变成十足的女性了。我忽然觉得，我与你之间似乎筑起一堵很高，很坚，很厚的无影的墙。你在我的怀抱中长起来，在我的提携中大起来；但从今以后，我和你将永远分居于两个世界了。一刹那间我心中感到深痛的悲哀。我怪怨你何不永远做一个孩子而定要长大起来，我怪怨人类中何必有男女之分。然而怪怨之后立刻破悲为笑。恍悟这不是当然的事，可喜的事吗？

记得有一天，我从上海回来。你们兄弟姊妹照例拥在我身旁，等候我从提箱中取出"好东西"来分。我欣然地取出一束巧克力来，分给你们每人一包。你的弟妹们到手了这五色金银的巧克力，照例欢喜得大闹一场，雀跃地拿去尝新了。你受持了这赠品也表示欢喜，跟着弟妹们去了。然而过了几天，我偶然在楼窗中望下来，看见花台旁边，你拿着一包新开的巧克力，正在分给弟妹三人。他们各自争多嫌少，你忙着为他们均分。在一块缺角的巧克力上添了一张五色金银的包纸派给小妹妹了，方才三面公平。他们欢喜地吃糖了，你也欢喜地看他们吃。这使我觉得惊奇。吃巧克力，向来是我家儿童们的一大乐事。因为乡村里只有箬叶包的糖塌饼，草纸包的状元糕，没有这种五色金银的糖果；只有甜煞的粽子糖，咸煞的盐青果，没有这种异香异味的糖果。所以我每次到上海，一定要买些回来分给儿童，藉添家庭的乐趣。儿童们切望我回家的目的，大半就在这"好东西"上。你向来也是这"好东西"的切望者之一人。你曾经和弟妹们赌赛谁是最后吃完；你曾经把五色金银的锡纸积受起来制成华丽的手工品，使弟妹们艳羡。这回你怎么一想，肯把自己的一包藏起来，如数分给弟妹们吃呢？我看你为他们分均匀了之后表示非常的欢喜，同从前赌得了最后吃完时一样，不觉倚在楼上独笑起来。因为我忆起了你小时候的事：十来年之前，你是我家里的一个捣乱分子，每天为了要求的不满足而哭几场，挨母亲打几顿。你吃蛋只要吃蛋黄，不要吃蛋白，母亲偶然夹一筷蛋白在你的饭碗里，你便把饭粒和蛋白乱拨在桌子上，同时大喊"要黄！要黄！"。你以为凡物较好者就叫作"黄"。所以有一次你要小椅子玩耍，母亲搬一个小凳子给你，你也大喊"要黄！要黄！"。你要长竹竿玩，母亲拿一根"史的克"给你，你也大喊"要黄！要黄！"。你看不起那时候还只一二岁而不会活动的软软。吃东西时，把不好吃的东西留着给软软吃；讲故事时，把不幸的角色派给软软当。向母亲有所要求而不得允许的时候，你就高声地问："当错软软吗？当错软软吗？"你的意思以为：软软这个人要不得，其要求可以不允许；而阿宝是一个重要不过的人，其要求岂有不允许之理？今所以不允许者，大概是当错了软软的缘故。所以每次高声地提醒你母亲，务要她证明阿宝正身，允许一切要求而后已。这个一味"要黄"而专门欺侮弱小的捣乱分子，今天在那里牺牲自己的幸福来增殖弟妹们的幸福，使我看了觉得可笑，又觉得可悲。你往日的一切雄心和梦想已经宣告失败，开始在遏制自己的要求，忍耐自己的欲望，而谋他人的幸福了；你已将走出唯我独尊的黄金时代，开始在尝人类之爱的辛味了。

　　记得去年有一天，我为了必要的事，将离家远行。在以前，每逢我出门了，你们一定不高兴，要阻住我，或者约我早归。在更早的以前，我出门须得瞒过你们。你弟弟后来寻我不着，须得哭几场。我回来了，倘预知时期，你们常到门口或半路上来迎候。我所描的那幅题曰《爸爸还不来》的画，便是以你和你的弟弟的等我归家为题材的。因为我在过去的十来年中，以你们为我的生活慰安者，天天晚上和你们谈故事，做游戏，吃东西，使你们都觉得家庭生活的温暖，少不来一个爸爸，所以不肯放我离家。去年这一天我要出门了，你的弟妹们照旧为我惜别，约我早归。我以为你也如此，正在约你何时回家和买些什么东西来，不意你却劝我早去，又劝我迟归，说你有种种玩意可以骗住弟妹们的阻止和盼待。原来你已在我和你母亲谈话中闻知了我此行有早去迟归的必要，决意为我分担生活的辛苦了。我此行感觉轻快，但又感觉悲哀。因为我家将少却了一个黄金时代的幸福儿。

　　以上原都是过去的事，但是常常切在我的心头，使我不能忘却。现在，你已做中学生，不久就要完全脱离黄金时代而走向成人的世间去了。我觉得你此行比出嫁更重大。古人送女儿出嫁诗云："幼为长所育，两别泣不休。对此结中肠，义往难复留。"你出黄金时代的"义往"，实比出嫁更"难复留"，我对此安得不"结中肠"？所以现在追述我的所感，写这篇文章来送你。你此后的去处，就是我这册画集里所描写的世间。我对于你此行很不放心。因为这好比把你从慈爱的父母身旁遣嫁到恶姑的家里去，正如前诗中说："自小阙内训，事姑贻我忧。"事姑取甚样的态度，我难于代你决定。但希望你努力自爱，勿贻我忧而已。

约十年前，我曾作一册描写你们的黄金时代的画集（《子恺画集》）。其序文（《给我的孩子们》）中曾经有这样的话："我的孩子们！我憧憬于你们的生活，每天不止一次！我想委曲地说出来，使你们自己晓得。可惜到你们懂得我的话的时候，你们将不复是可以使我憧憬的人了。这是何等可悲哀的事啊！""但是你们的黄金时代有限，现实终于要暴露的。这是我经验过来的情形，也是大人们谁也经验过来的情形。我眼看见儿时伴侣中的英雄、好汉，一个个退缩、顺从、妥协、屈服起来，到像绵羊的地步。我自己也是如此，后之视今，亦犹今之视昔，你们不久也要走这条路呢！"写这些话时的情景还历历在目，而现在你果然已经"懂得我的话"了！果然也要"走这条路"了！无常迅速，念此又安得不结中肠啊！

一

　　隔壁二十三号里的郑德菱，这人真好！

　　今天妈妈抱我到门口，我看见她在水门汀上骑竹马。她对我一笑。我分明看出这一笑是叫我去同骑竹马的意思。我立刻还她一笑，表示我极愿意，就从母亲怀里走下来，同她一同骑竹马了。

　　两人同骑一枝竹马。我想转弯了，她也同意；我想走远一点，她也欢喜；她说让马儿吃点草，我也高兴；她说把马儿系在冬青上，我也觉得有理。我们真是同志的朋友！

　　兴味正好的时候，妈妈出来拉住我的手，叫我去吃饭。我说"不高兴"。母亲说："郑德菱也要去吃饭了！"果然郑德菱的哥哥叫着"德菱！"也走出来拉住郑德菱的手去了。我只得跟了妈妈进去。当我们将走进各自的门口的时候，她回头向我一看，我也回头向她一看，各自进去，不见了。

我实在无心吃饭。我晓得她一定也无心吃饭。不然，何以分别的时候她不对我笑，且脸上很不高兴呢？

我同她在一块，真是说不出的有趣。

吃饭何必急急？即使要吃，尽可在空的时候吃。其实照我想来，像我们这样的同志，天天在一块吃饭，在一块睡觉，多好呢？何必分作两家？即使要分作两家，横竖爸爸同郑德菱的爸爸很要好，妈妈也同郑德菱的妈妈常常谈笑，尽可你们大人作一块，我们小孩子作一块，不更好吗？

这"家"的分配法，不知是谁定的，真是无理之极了。想来总是大人们弄出来的。

大人们的无理，近来我常常感到，不止这一端：那一天爸爸同我到先施公司去，我看见地上放着许多小汽车，小脚踏车，这分明是我们小孩子用的。但是爸爸一定不肯给我拿一部回家。让它许多空摆在那里。回来的时候，我看见许多汽车停在路旁。我要坐，爸爸一定不给我坐，让它们空停在路旁。又有一次，娘姨抱我到街里去，一个揹着许多小花篮的老太婆，口中吹着笛子，手里拿着一只小花篮，向我看，把手中的花篮递给我，然而娘姨一定不要，急忙抱我走开去。这种小花篮，原是小孩子玩的。况且那老太婆明明表示愿意给我。娘姨何以一定叫我不要接呢？娘姨也无理，这大概是爸爸教她的。

我最欢喜郑德菱。她同我站在地上一样高，走路也一样快，心情志趣都完全投合。

宝姊姊或郑德菱的哥哥，有些不近情的态度，我看他们不来。大概是他们身体长大，稍近于大人，所以心情也稍像大人的无理了。

宝姊姊常常要说我"痴"。我对爸爸说，要天不下雨，好让郑德菱出来，宝姊姊就用指点着我，说："瞻瞻痴！"怎么叫"痴"？你每天不来同我玩耍，夹了书包到学校里去，难道不是"痴"吗？爸爸整天坐在桌子前，在文章格子上一格一格地填字，难道不是"痴"吗？天下雨，不能出去玩，不是讨厌的吗？我要天不要下雨，正是近情合理的要求。我每天晚快听见你要爸爸开电灯，爸爸给你开了，满房间就明亮；现在我也要爸爸叫天不下雨，爸爸给我做了，晴天岂不也爽快呢？你何以说我"痴"？

郑德菱的哥哥，虽然没有说我什么，然而我总讨厌他。我们玩耍的时候，他常常板起脸孔，来拉郑德菱回家去。前天我同郑德菱正有趣地在我们天井里拿面包屑来喂蚂蚁，他走进来喊郑德菱，说"赤了脚到人家家里，不怕难为情！"，又说"吃人家的面包，不怕难为情！"，立刻拉了她去。

"难为情"，是大人们惯说的话，大人们常常不怕厌气，端坐在椅子里，点头，弯腰，说什么"请，请""对不起""难为情"一类的无聊的话，他们都有点像大人了！

啊！我很少知己者！我很寂寞！母亲常常说我"会哭"，我哪得不哭呢？

二

今天我看见一种奇怪的现状：

吃过糖粥。妈妈抱我走到吃饭间里的时候，我看见爸爸身上披一块大白布，垂头丧气地朝外坐在椅子上，一个穿黑长衫的麻脸的陌生人，拿一把闪亮的小刀，竟在爸爸后头颈里用劲地割。

啊哟！这是何等奇怪的现状！大人们的所为，真是越看越稀奇了！爸爸何以甘心被这麻脸的陌生人割呢？痛不痛呢？

更可怪的，妈妈抱我走到吃饭间里的时候，她明明也看见这爸爸被割的凶恶的现状。然而她竟毫不介意，同没有看见一样；宝姊姊夹了书包从天井里走进来，我想她见了一定要哭。谁知她只叫一声"爸爸"，向那可怕的麻子一看，就全不经意地到房间里去挂书包了。

前天爸爸自己把手指割开了，她不是大叫"妈妈"，立刻去拿棉花和纱布来吗？今天这可怕的麻子咬紧了牙齿割爸爸的头，何以妈妈和宝姊姊都不管呢？我真不解了。可恶的，是那麻子。他耳朵上还挟着一支香烟，同爸爸挟铅笔一样。他一定是没有铅笔的人，一定是坏人。

后来爸爸挺起眼睛叫我："华瞻，你也来剃头，好否？"

爸爸叫过之后，那麻子就抬起头来，向我一看，露出一颗闪亮的金牙齿来。我不懂爸爸的话是什么意思，我真怕极了。我忍不住抱住妈妈的头颈而哭了。

这时候妈妈，爸爸和那个麻子，说了许多话，我都听不清楚，又不懂。只听见"剃头""剃头"，不知是什么意思。我哭了，母亲就抱我由天井里走出门外。走到门边的时候，我偷眼向里边一望，从窗缝窥见那麻子又咬紧牙齿，在割爸爸的耳朵了。

门外有学生在抛球，有兵在体操，有火车开过。妈妈叫我不要哭，叫我看火车。我悬念着门内的怪事，没心情去看景致，只是凭在妈妈的肩上。

我恨那麻子，这一定不是好人，我想对妈妈说，拿棒去打他。然而我终于不说。

因为据我的经验，大人们的意见往往与我相左。他们往往不讲道理，硬要我吃最不好吃的"药"，硬要我做最难当的"洗脸"，或坚不许我弄最有趣的水，最好看的火。

今天的怪事，他们对之都漠然，意见一定又是与我相左的。我若提议去打，一定不被赞成。横竖拗他们不过，算了罢。我只有哭！

最可怪的，平常同情于我的弄水弄火的宝姊姊，今天也跳出门来笑我，跟了妈妈说我"痴子"。我只有独自哭！有谁同情于我的哭呢？

到妈妈抱了我回来的时候，我才仰起头，预备再看一看，这怪事怎么样了？那可恶的麻子还在否？谁知一跨进墙门槛，就听见"拍，拍"的声音。

走进吃饭间，我看见那麻子正用拳头打爸爸的背，"拍，拍"的声音，正是打的声音。可见他一定是用力打的，爸爸一定很痛。然而爸爸何以任他打呢？母亲何以又不管呢？我又哭。

母亲急急地抱我到房间里，对娘姨讲些话，两人都笑起来，都对我讲了许多话。然而我还听见隔壁打人的"拍，拍"的声音，无心去听她们的话。

爸爸不是说过，"打人是最不好的事"吗？那一天软软不肯给我香烟牌子，我打了他一掌，爸爸曾经骂我，说我不好；还有那一天我打碎了寒暑表，妈妈打了我一下屁股，爸爸立刻抱我，对妈妈说"打不行"。何以今天那麻子在打爸爸，大家不管账呢？我继续哭，我在妈妈的怀里睡去了。

我醒来，看见爸爸坐在披雅娜（即钢琴）旁边，似乎无伤，耳朵也没有割去，不过头很光白，像和尚了。我见了爸爸，立刻想起了睡前的怪事，然他们——爸爸、妈妈等——仍是毫不介意，绝不谈起。我一回想，心中非常恐怖又疑惑。明明是爸爸被割头颈，割耳朵，又被用拳头打。大家却置之不问，任我一个人恐怖又疑惑。唉！有谁同情于我的恐怖？有谁为我解这疑惑呢？

卷三

万物有灵，众生有情

唐人诗云：“山远始为容。”
我以为树亦如此。

沙坪小屋的鹅 ————————————

　　抗战胜利后八个月零十天，我卖脱了三年前在重庆沙坪坝庙湾地方自建的小屋，迁居城中去等候归舟。

　　除了托庇三年的情感以外，我对这小屋实在毫无留恋。因为这屋太简陋了，这环境太荒凉了；我去屋如弃敝屣。倒是屋里养的一只白鹅，使我恋恋不忘。

　　这白鹅，是一位将要远行的朋友送给我的。这朋友住在北碚，特地从北碚把这鹅带到重庆来送我。我亲自抱了这雪白的大鸟回家，放在院子内。它伸长了头颈，左顾右盼，我一看这姿态，想道："好一个高傲的动物！"凡动物，头是最主要部分。这部分的形状，最能表明动物的性格。例如狮子、老虎，头都是大的，表示其力强。麒麟、骆驼，头都是高的，表示其高超。狼、狐、狗等，头都是尖的，表示其刁奸狡鄙。猪猡、乌龟等，头都是缩的，表示其冥顽愚蠢。鹅的头在比例上比骆驼更高，与麒麟相似，正是高超的性格的表示。而在它的叫声、步态、吃相中，更表示出一种傲慢之气。

鹅的叫声，与鸭的叫声大体相似，都是"轧轧"然的。但音调上大不相同。鸭的"轧轧"，其音调琐碎而愉快，有小心翼翼的意味；鹅的"轧轧"，其音调严肃郑重，有似厉声呵斥。它的旧主人告诉我：养鹅等于养狗，它也能看守门户。后来我看到果然：凡有生客进来，鹅必然厉声叫嚣；甚至篱笆外有人走路，也要它引吭大叫，其叫声的严厉，不亚于狗的狂吠。狗的狂吠，是专对生客或宵小用的；见了主人，狗会摇头摆尾，呜呜地乞怜。鹅则对无论何人，都是厉声呵斥；要求饲食时的叫声，也好像大爷嫌饭迟而怒骂小使一样。

鹅的步态，更是傲慢了。这在大体上也与鸭相似。但鸭的步调急速。有局促不安之相。鹅的步调从容，大模大样的，颇像平剧（京剧）里的净角出场。这正是它的傲慢的性格的表现。我们走近鸡或鸭，这鸡或鸭一定让步逃走。这是表示对人惧怕。所以我们要捉住鸡或鸭，颇不容易。那鹅就不然：它傲然地站着，看见人走来简直不让；有时非但不让，竟伸过颈子来咬你一口。这表示它不怕人，看不起人。但这傲慢终归是狂妄的。我们一伸手，就可一把抓住它的项颈，而任意处置它。家畜之中，最傲人的无过于鹅。同时最容易捉住的也无过于鹅。

鹅的吃饭，常常使我们发笑。我们的鹅是吃冷饭的，一日三餐。它需要三样东西下饭：一样是水，一样是泥，一样是草。先吃一口冷饭，次吃一口水，然后再到某地方去吃一口泥及草。大约这些泥和草也有各种滋味，它是依着它的胃口而选定的。这食料并不奢侈；但它的吃法，三眼一板，丝毫不苟。譬如吃了一口饭，倘水盆偶然放在远处，它一定从容不迫地踏大步走上前去，饮水一口。再踏大步走到一定的地方去吃泥，吃草。吃过泥和草再回来吃饭。这样从容不迫地吃饭，必须有一个人在旁侍候，像饭馆里的侍者一样。因为附近的狗，都知道我们这位鹅老爷的脾气，每逢它吃饭的时候，狗就躲在篱边窥伺。等它吃过一口饭，踏着方步去吃水、吃泥、吃草的当儿，狗就敏捷地跑上来，努力地吃它的饭。没有吃完，鹅老爷偶然早归，伸颈去咬狗，并且厉声叫骂，狗立刻逃往篱边，蹲着静候；看它再吃了一口饭，再走开去吃水、吃草、吃泥的时候，狗又敏捷地跑上来，这回就把它的饭吃完，扬长而去了。等到鹅再来吃饭的时候，饭罐已经空空如也。鹅便昂首大叫，似乎责备人们供养不周。这时我们便替它添饭，并且站着侍候。因为邻近狗很多，一狗方去，一狗又来蹲着窥伺了。邻近的鸡也很多，也常蹑手蹑脚地来偷鹅的饭吃。我们不胜其烦，以后便将饭罐和水盆放在一起，免得它走远去，让鸡、狗偷饭吃。然而它所必须的盛馔泥和草，所在的地点远近无定。为了找这盛馔，它仍是要走远去的。因此鹅的吃饭，非有一人侍候不可。真是架子十足的！

鹅，不拘它如何高傲，我们始终要养它，直到房子卖脱为止。因为它对我们，物质上和精神上都有贡献。使主母和主人都欢喜它。物质上的贡献，是生蛋。它每天或隔天生一个蛋，篱边特设一堆稻草，鹅蹲伏在稻草中了，便是要生蛋了。家里的小孩子更兴奋，站在它旁边等候。它分娩毕，就起身，大踏步走进屋里去，大声叫开饭。这时候孩子们把蛋热热地捡起，藏在背后拿进屋子来，说是怕鹅看见了要生气。鹅蛋真是大，有鸡蛋的四倍呢！主母的蛋篓子内积得多了，就拿来制盐蛋，炖一个盐鹅蛋，一家人吃不了！工友上街买菜回来说："今天菜市上有卖鹅蛋的，要四百元一个，我们的鹅每天挣四百元，一个月挣一万二，比我们做工的还好呢，哈哈，哈哈。"我们也陪他一个"哈哈，哈哈。"望望那鹅，它正吃饱了饭，昂胸凸肚地，在院子里踱方步，看野景，似乎更加神气了。但我觉得，比吃鹅蛋更好的，还是它的精神的贡献。因为我们这屋实在太简陋，环境实在太荒凉，生活实在太岑寂了。赖有这一只白鹅，点缀庭院，增加生气，慰我寂寞。

且说我这屋子，真是简陋极了：篱笆之内，地皮二十方丈，屋所占的只六方丈，其余算是庭院。这六方丈上，建着三间"抗建式"平屋，每间前后划分为二室，共得六室，每室平均一方丈。中央一间，前室特别大些，约有一方丈半弱，算是食堂兼客堂；后室就只有半方丈强，比公共汽车还小，作为家人的卧室。西边一间，平均划分为二，算是厨房及工友室。东边一间，也平均划分为二，后室也是家人的卧室，前室便是我的书房兼卧房。三年以来，我坐卧写作，都在这一方丈内。归熙甫《项脊轩志》中说："室仅方丈，可容一人居。"又说："雨泽下注，每移案，顾视，无可置者。"我只有想起这些话的时候，感觉得自己满足。我的屋虽不上漏，可是墙是竹制的，单薄得很。夏天九点钟以后，东墙上炙手可热，室内好比开放了热水汀。这时候反教人希望警报，可到六七丈深的地下室去凉快一下呢。

竹篱之内的院子，薄薄的泥层下面尽是岩石，只能种些番茄、蚕豆、芭蕉之类，却不能种树木。竹篱之外，坡岩起伏，尽是荒郊。因此这小屋赤裸裸的，孤零零的，毫无依蔽；远远望来，正像一个亭子。我长年坐守其中，就好比一个亭长。这地点离街约有里许，小径迂回，不易寻找，来客极稀。杜诗"幽栖地僻经过少"一句，这屋可以受之无愧。风雨之日，泥泞载途，狗也懒得走过，环境荒凉更甚。

这些日子的岑寂的滋味，至今回想还觉得可怕。

自从这小屋落成之后，我就辞绝了教职，恢复了战前的即居生活。我对外间绝少往来，每日只是读书作画，饮酒闲谈而已。我的时间全部是我自己的，这是我的性格的要求，这在我是认为幸福的。然而这幸福必须两个条件：在太平时，在都会里。如今在抗战期，在荒村里，这幸福就伴着一种苦闷——岑寂。为避免这苦闷，我便在读书、作画之余，在院子里种豆，种菜，养鸽，养鹅。而鹅给我的印象最深。因为它有那么庞大的身体，那么雪白的颜色，那么雄壮的叫声，那么轩昂的态度，那么高傲的脾气，和那么可笑的行为。在这荒凉岑寂的环境中，这鹅竟成了一个焦点。凄风苦雨之日，手酸意倦之时，推窗一望，死气沉沉；唯有这伟大的雪白的东西，高擎着琥珀色的喙，在雨中昂然独步，好像一个武装的守卫，使得这小屋有了保障，这院子有了主宰，这环境有了生气。

我的小屋易主的前几天，我把这鹅送给住在小龙坎的朋友人家。送出之后的几天内，颇有异样的感觉。这感觉与诀别一个人的时候所发生的感觉完全相同，不过分量较为轻微而已。原来一切众生，本是同根，凡属血气，皆有共感。所以这禽鸟比这房屋更是牵惹人情，更能使人留恋。现在我写这篇短文，就好比为一个永诀的朋友立传，写照。

这鹅的旧主人姓夏名宗禹，现在与我邻居着。

　　正在写稿的时候，耳朵近旁觉得有"嗡嗡"之声，间以"得得"之声。因为文思正畅快，只管看着笔底下，无暇抬头来探究这是什么声音。然而"嗡嗡""得得"，也只管在我耳旁继续作声，不稍间断。过了几分钟之后，它们已把我的耳鼓刺得麻木，在我似觉这是写稿时耳旁应有的声音，或者一种天籁，无须去探究了。

　　等到文章告一段落，我放下自来水笔，照例伸手向罐中取香烟的时候，我才举头看见这"嗡嗡""得得"之声的来源。原来有一只蜜蜂，向我案旁的玻璃窗上求出路，正在那里乱撞乱叫。

　　我以前只管自己的工作，不起来为它谋出路，任它乱撞乱叫到这许久时光，心中觉得有些抱歉。然而已经挨到现在，况且一时我也想不出怎样可以使它钻得出去的方法，也就再停一会儿，等到点着了香烟再说。

　　我一边点香烟，一旁观它的乱撞乱叫。我看它每一次钻，先飞到离玻璃一二寸的地方，然后直冲过去，把它的小头在玻璃上"得，得"地撞两下，然后沿着玻璃"嗡嗡"地向四处飞鸣。其意思是想在那里找一个出身的洞。也许不是找洞，为的是玻璃上很光滑，使它立脚不住，只得向四处乱舞。乱舞了一回之后，大概它悟到了此路不通，于是再飞开来，飞到离玻璃一二寸的地方，重整旗鼓，向玻璃的另一处地方直撞过去。因此"嗡嗡""得得"，一直继续到现在。

我看了这模样，觉得非常可怜。求生活真不容易，只做一只小小的蜜蜂，为了生活也须碰到这许多钉子。我诅咒那玻璃，它一面使它清楚地看见窗外花台里含着许多蜜汁的花，以及天空中自由翱翔的同类，一面又周密地拦阻它，永远使它可望而不可即。这真是何等恶毒的东西！它仿佛是一个骗子，把窗外的广大的天地和灿烂的春色给蜜蜂看，诱它飞来。等到它飞来了，却用一种无形的阻力拦住它，永不使它出头，或竟可使它撞死在这种阻力之下。

因了诅咒玻璃，我又羡慕起物质文明未兴时的幼年生活的诗趣来。我家祖母年年养蚕。每当蚕宝宝上山的时候，堂前装纸窗以防风。为了一双燕子常要出入，特地在纸窗上开一个碗来大的洞，当作燕子的门，那双燕子似乎通人意的，来去时自会把翼稍稍敛住，穿过这洞。这般情景，现在回想了使我何等憧憬！假如我案旁的窗不用玻璃而换了从前的纸窗，我们这蜜蜂总可钻得出去。即使撞两下，也是软软地，没有什么苦痛。求生活在从前容易得多，不但人类社会如此，连虫类社会也如此。

我点着了香烟之后就开始为它谋出路。但这是一件很不容易的事。叫它不要在这里钻，应该回头来从门里出去，它听不懂我的话。用手硬把它捉住了到门外去放，它一定误会我要害它，会用螯反害我，使我的手肿痛得不能工作。除非给它开窗；但是这扇窗不容易开，窗外堆叠着许多笨重的东西，须得先把这些东西除去，方可开窗。这些笨重的东西不是我一人之力所能除去的。

于是我起身来请同室的人帮忙，大家合力除去窗外的笨重的东西，好把窗开了，让我们这蜜蜂得到出路。但是同室的人大家不肯，他们说："我们做工都很疲倦了，哪有余力去搬重物而救蜜蜂呢？"我顿觉自己也很疲倦，没有搬这些重物的余力。救蜜蜂的事就成了问题。

忽然门里走进一个人来和我说话。为了不能避免的事，我立刻被他拉了一同出门去，就把蜜蜂的事忘却了。等到我回来的时候，这蜜蜂已不见。不知道是飞去了，被救了，还是撞杀了。

阿咪

　　阿咪者，小白猫也。十五年前我曾为大白猫"白象"写文。白象死后又曾养一黄猫，并未为它写文。最近来了这阿咪，似觉非写不可了。盖在黄猫时代我早有所感，想再度替猫写照。但念此种文章，无益于世道人心，不写也罢。黄猫短命而死之后，写文之念遂消。直至最近，友人送了我这阿咪，此念复萌，不可遏止。率尔命笔，也顾不得世道人心了。

　　阿咪之父是中国猫，之母是外国猫。故阿咪毛甚长，有似兔子。想是秉承母教之故，态度异常活泼，除睡觉外，竟无片刻静止。地上倘有一物，便是它的游戏伴侣，百玩不厌。人倘理睬它一下，它就用姿态动作代替言语，和你大打交道。此时你即使有要事在身，也只得暂时撇开，与它应酬一下；即使有懊恼在心，也自会忘怀一切，笑逐颜开。哭的孩子看见了阿咪，会破涕为笑呢。

　　我家平日只有四个大人和半个小孩。半个小孩者，便是我女儿的干女儿，住在隔壁，每星期三天宿在家里，四天宿在这里，但白天总是上学。因此，我家白昼往往岑寂，写作的埋头写作，做家务的专心家务，肃静无声，有时竟像修道院。自从来了阿咪，家中忽然热闹了。厨房里常有保姆的话声或骂声，其对象便是阿咪。室中常有陌生的笑谈声，是送信人或邮递员在欣赏阿咪。来客之中，送信人及邮递员最是枯燥，往往交了信件就走，绝少开口谈话。自从家里有了阿咪，这些客人亲昵得多了。常常因猫而问长问短，有说有笑，送出了信件还是流连不忍遽去。

访客之中，有的也很枯燥无味。他们是为公事或私事或礼貌而来的，谈话有的规矩严肃，有的啰唆疙瘩，有的虚空无聊，谈完了天气之后只得默守冷场。然而自从来了阿咪，我们的谈话有了插曲，有了调节，主客都舒畅了。有一个为正经而来的客人，正在侃侃而谈之时，看见阿咪姗姗而来，注意力便被吸引，不能再谈下去，甚至我问他也不回答了。又有一个客人向我叙述一件颇伤脑筋之事，谈话冗长曲折，连听者也很吃力。谈至中途，阿咪蹦跳而来，无端地仰卧在我面前了。这客人正在愤慨之际，忽然转怒为喜，停止发言，赞道："这猫很有趣！"便欣赏它，抚弄它，获得了片时的休息与调节。有一个客人带了个孩子来。我们谈话，孩子不感兴味，在旁枯坐。我家此时没有了小主人可陪小客人，我正抱歉，忽然阿咪从沙发下钻出，抱住了我的脚。于是大小客人共同欣赏阿咪，三人就团结一气了。后来我应酬大客人，阿咪替我招待小客人，我这主人就放心了。原来小朋友最爱猫，和它厮伴半天，也不厌倦；甚至被它抓出了血也情愿。因为他们有一共通性：活泼好动。女孩子更喜欢猫，逗它玩它，抱它喂它，劳而不怨。因为他们也有个共通性：娇痴亲昵。

写到这里，我回想起已故的黄猫来了。这猫名叫"猫伯伯"。在我们故乡，伯伯不一定是尊称。我们称鬼为"鬼伯伯"，称贼为"贼伯伯"。故猫也不妨称为"猫伯伯"。大约对于特殊而引人注目的人物，都可讥讽地称之为伯伯。这猫的确是特殊而引人注目的。我的女儿最喜欢它。有时她正在写稿，忽然猫伯伯跳上书桌来，面对着她，端端正正地坐在稿纸上了。她不忍驱逐，就放下了笔，和它玩耍一会儿。有时它竟盘拢身体，就在稿纸上睡觉了，身体仿佛一堆牛粪，正好装满了一张稿纸。有一天，来了一位难得光临的贵客。我正襟危坐，专心应对。"久仰久仰""岂敢岂敢"，有似演剧。忽然猫伯伯跳上矮桌来，嗅嗅贵客的衣袖。我觉得太唐突，想赶走它。贵客却抚它的背，极口称赞："这猫真好！"话头转向了猫，紧张的演剧就变成了和乐的闲谈。后来我把猫伯伯抱开，放在地上，希望它去了，好让我们演完这一幕。岂知过得不久，忽然猫伯伯跳到沙发背后，迅速地爬上贵客的背脊，端端正正地坐在他的后颈上了！这贵客身体魁梧奇伟，背脊颇有些驼，坐着喝茶时，猫伯伯看来是个小山坡，爬上去很不吃力。此时我但见贵客的天官赐福的面孔上方，露出一个威风凛凛的猫头，画出来真好看呢！我以主人口气呵斥猫伯伯的无礼，一面起身捉猫。但贵客摇手阻止，把头低下，使山坡平坦些，让猫伯伯坐得舒服。如此甚好，我也何必做煞风景的主人呢？于是主客关系亲密起来，交情深入了一步。

可知猫是男女老幼一切人民大家喜爱的动物。猫的可爱，可说是群众意见。而实际上，如上所述，猫的确能化岑寂为热闹，变枯燥为生趣，转懊恼为欢笑；能助人亲善，教人团结。即使不捕老鼠，也有功于人生。那么我今为猫写照，恐是未可厚非之事吧？猫伯伯行年四岁，短命而死。这阿咪青春尚只三个月。希望它长寿健康，像我老家的老猫一样，活到十八岁。这老猫是我的父亲的爱物。父亲晚酌时，它总是端坐在酒壶边。父亲常常摘些豆腐干喂它。六十年前之事，今犹历历在目呢。

养鸭

　　除了例假日有长长大大的四个学生——两大学，一高中，一专科——回家来热闹一番之外，经常住在家里的只有三个半人：我们老夫妇二人，一个男工，和一个五岁的男孩。但畜生倒有八口：两狗，两猫，两鸽和两鸭。有一位朋友看见了说："人少畜生多。"

　　这许多畜生之中，我最喜欢的是两只鸭。狗是为了防窃贼设法讨来的；猫是为了抵抗老鼠出了四百多块钱买来的，都有实用性。并且狗的贪婪，无耻和势利，猫的凶狠和谄媚，根本不能使我喜欢。至于鸽子呢，新近友人送来的，养得不久；我虽久仰他们的敏捷和信义，但是交情还浅，尚未领教，也只得派在不欢喜之列。唯有两只鸭，我觉得有意思。

　　这一对鸭不是原配，是一个寡妇和一个第二后夫。来由是这样的：今年暮春，一吟（就是那专科学生）从街上买了一对小鸭回来。小得很，两只可以并排站在手掌上。白天在后门外水田游泳，晚上共睡在一只小篮里，挂在梁上：为的是怕黄鼠狼拖去吃。鸭子长得很快，不久小篮嫌挤，就改睡在一个字纸篓里，还是挂在梁上。有一天半夜里，我半睡中听见室内哗啦哗啦地响，后来是鸭子叫。连忙起身，拿电筒一照，只见字纸篓正在摇荡中，下面地上，一只小雄鸭仰卧在血泊中。仔细一看，头颈已被咬断，血如泉涌了。连忙探望字纸篓，小雌鸭幸而还在。环视室内，凶手早已不知去向了。这件血案闹得全家的人都起来。看着残生的小雌鸭，各人叹了好几口气。

后来一吟又买了一只小雄鸭来。大小和小雌鸭仿佛。几日来，小雌鸭形单影只，如今又鹣鹣鲽鲽了。自从那件血案发生以后，我们每晚戒备很严，这一对续弦的小鸭，安全地长大起来，直到七月初我们迁居新屋的时候，已经长成一对中鸭了。

新屋四周没有邻居，却有篱笆围着一大块空地。我们在篱笆内掘一个小塘，就称为乳鸭池塘。一对鸭子尽日在篱笆内仰观俯察，逡巡游泳，在我的岑寂的闲居生活上增添了一种生趣。不知不觉之间，它们已长成大鸭，全身雪白，两脚大黄，翅膀上几根羽毛，黑色里透着金光，很是美观。

它们晚上睡在屋檐下一只箩子底下。箩子上面压上一块石板，也是为防黄鼠狼。谁知有一天的破晓，我睡醒来，听见连新——我们的男工，在叫喊。起来探问，才知道一只雄鸭又被拖去了，一道血迹从箩子边洒到篱笆的一个洞口，洞外也有些点滴，迤逦向荒山而去。

查问根由，原来昨夜连新忘记在箩子上压石板，黄鼠狼就来启箩偷鸭了。既经的疏忽也不必责咎。只是以后的情景着实可怜。那雌鸭放出箩来，东寻西找，仰天长鸣，"轧轧"之声，竟日不绝。其声慌张，焦躁，而似乎含有痛楚，使闻者大为不安。所谓"行人驻足听，寡妇起彷徨"[1]者，大约是类乎此的鸣声吧。以前小雄鸭被害了，她满不在乎，照旧吃食游水，我曾经笑她"她毕竟是禽兽"！。但照如今看来，毕竟是人的同类，也是含识的，有情的众生。傍晚我偶然走到箩子旁边，看见早上喂的饭全没有动。

雌鸭"丧其所天"之后，一连三四日"轧轧"地哀鸣，东张西望地寻觅。后来也就沉静了。但样子很异常，时时俯在地上叩头，同时"咯咯"地叫。从前的邻人周婆婆来，看见了，说她是需要雄鸭。我们就托周婆婆做媒，过了几天，周婆婆果然提了一只雄鸭来，身材同她一样大小，毛色比她更加鲜美。雄鸭一到地上，立刻跟着雌鸭悠然而逝，直到屋后篱角，花荫深处盘桓了。他们好像是旧相识的。

这一对鸭就是我现在所喜欢的畜生。我喜欢他们，不仅为了上述的一段哀史，大半也是为了鸭这种动物的性行。从前意大利的辽巴第（列奥巴尔第）（Leopardi）喜欢鸟，曾作《百鸟颂》。鸭也是鸟类，却没有被颂在里头，我实在要替鸭抱不平。许多人说，鸭步行的态度太难看。我以为不然，摇摇摆摆地走路，样子天真自然，另有一种"滑稽美"。狗走起路来皇皇如也，好像去赶公事；猫走起路来偷偷摸摸，好像去干暗杀，这才是真难看。但我之所以喜欢鸭子，主要是为了他们的廉耻。人去喂食的时候，鸭一定远远地避开。直到人去远了才慢慢地走近来吃。正在吃的时候，倘有人远远地走过来，一定立刻舍食而去，绝不留恋。虽然鸭子终吃了人们的饭，但其态度非常漂亮，绝不摇尾乞怜，绝不贪婪争食，颇有"履霜坚冰"之操，"不食嗟来"之志，比较之下，狗和猫实在可耻：狗之贪食，恐怕动物中无出其右

---

1 语出汉乐府《孔雀东南飞》，原形容焦仲卿、刘兰芝墓前的鸳鸯彻夜发出令人闻之痛心的鸣叫。

了。喂食的时候，人还没有走到食盆边，狗已摇头摆尾地先到，而且把头向空盆里乱钻。所以倒下去的食物往往都倒在狗头上。猫是上桌子的畜生，其贪吃更属可怕。不管是灶头上，柜子里，乘人不备，到处偷吃。甚至于人们吃饭的时候，会跳上人膝，向人的饭碗里抢东西吃。一旦抢到了美味的食物，若有人追打，便发出一种吼声，其声的凶狠，可以使人想象老虎或雷电。足证它是用尽全身之力，为食物而拼命了。凡此种种丑态在我们的鸭子全然没有。鸭子，即使人们忘了喂食，仍是摇摇摆摆地自得其乐。这不是最可爱的动物吗?

　　这两只鸭，我决定养它们到老死。我想准备一只笼子，将来好关进笼里，带它们坐轮船，穿过巴峡巫峡，经过汉口南京，一同回到我的故乡。

放生

一个温和晴爽的星期六下午，我与一青年君及两小孩四人从里湖雇一叶西湖船，将穿过西湖，到对岸的白云庵去求签，为的是我的二姐为她的儿子择配，已把媒人拿来的八字打听得满意，最后要请白云庵里的月下老人代为决定，特写信来嘱我去求签。这一天下午风和日暖，景色宜人，加之是星期六，人意格外安闲；况且为了喜事而去，倍觉欢欣。这真可谓天时地利人和三难合并，人生中是难得几度的！

我们一路谈笑，唱歌，吃花生米，弄桨，不觉船已摇到湖的中心。但见一条狭狭的黑带远远地围绕着我们，此外上下四方都是碧蓝的天，和映着碧天的水。古人诗云："春水船如天上坐。"我觉得我们在形式上"如天上坐"，在感觉上又像进了另一世界。因为这里除了我们四人和舟子一人外，周围都是单纯的自然，不闻人声，不见人影。仅由我们五人构成一个单纯而和平、寂寥而清闲的小世界。这景象忽然引起我一种没来由的恐怖：我假想现在天上忽起狂风，水中忽涌巨浪，我们这小世界将被这大自然的暴力所吞灭。又假想我们的舟子是《水浒传》里的三阮之流，忽然放下桨，从船底抽出一把大刀来，把我们四人一一砍下水里去，让他一人独占了这世界。但我立刻感觉这种假想的没来由。天这样晴明，水这样平静，我们的舟子这样和善，况且白云庵的粉墙已像一张卡片大小地映入我们的望中了。我就停止妄想，和同坐的青年闲谈远景的看法，云的曲线的画法。坐在对方的两小孩也回转头去观察那些自然，各述自己所见的画意。

忽然，我们船旁的水里轰然一响，一件很大的东西从上而下，落入坐在我旁边的青年的怀里，而且在他怀里任情跳跃，忽而捶他的胸，忽而批他的颊，一息不停，使人一时不能辨别这是什么东西。在这一刹那间，我们四人大家停止了意识，入了不知所云的三昧境，因为那东西突如其来，大家全无预防，况且为从来所未有的经验，所以四人大家发呆了。这青年瞠目垂手而坐，不说不动，一任那大东西在他怀中大肆活动。他并不素抱不抵抗主义。今所以不动者，大概一则为了在这和平的环境中万万想不到需要抵抗；二则为了未知来者是谁及应否抵抗，所以暂时不动。我坐在他的身旁，最初疑心他发羊癫疯，忽然一人打起拳来；后来才知道有物在那里打他，但也不知为何物，一时无法营救。对方二小孩听得暴动的声音，始从自然美欣赏中转过头来，也惊惶得说不出话。这奇怪的沉默持续了约三四秒钟，始被船尾上的舟子来打破，他喊道：

"捉牢，捉牢！放到后艄里来！"

这时候我们都已认明这闯入者是一条大鱼。自头至尾约有二尺多长。它若非有意来搭我们的船，大约是在湖底里躲得沉闷，也学一学跳高，不意跳入我们的船里的青年的怀中了。这青年认明是鱼之后，就本能地听从舟子的话，伸手捉牢它。但鱼身很大又很滑，再三擒拿，方始捉牢。滴滴的鱼血染遍了青年的两手和衣服，又溅到我的衣裾上。这青年尚未决定处置这俘虏的方法，两小孩看到血滴，一齐对他请愿：

"放生！放生！"

同时舟子停了桨，靠近他背后来，连叫：

"放到后艄里来！放到后艄里来！"

我听舟子的叫声，非常切实，似觉其口上带着些涎沫的。他虽然靠近这青年，而又叫得这般切实，但其声音在这青年的听觉上似乎不及两小孩的请愿声的响亮，他两手一伸，把这条大鱼连血抛在西湖里了。它临去又做一小跳跃，尾巴露出水来向两小孩这方面一挥，就不知去向了。船舱里的四人大家欢喜地连叫："好啊！放生！"船艄里的舟子隔了数秒钟的沉默，才回到他的座位里重新打桨，也欢喜地叫："好啊！放生！"然而不再连叫。我在舟子的数秒钟的沉默中感到种种的不快。又在他的不再连叫之后觉得一种不自然的空气涨塞了我们的一叶扁舟。水天虽然这般空阔，似乎与我们的扁舟隔着玻璃，不能调剂其沉闷。是非之念充满了我的脑中。我不知道这样的鱼的所有权应该是属谁的。但想象这鱼倘然迟跳了数秒钟，跳进船艄里去，一定依照舟子的意见而被处置，今晚必为盘中之肴无疑。为鱼的生命着想，它这一跳是不幸中之幸。但为舟子着想，却是幸中之不幸。这鱼的价值可达一元左右，抵得两三次从里湖划到白云庵的劳力的代价。这不劳而获的幸运得而复失，在我们的舟子是难免一会儿懊恼的。于是我设法安慰他："这是跳龙门的鲤鱼，鲤鱼跳进你的船里，你——（我看看他，又改了口）你的儿子好做官了。"他立刻欢喜了，喀喀地笑着回答我说："放生有福，先生们都发财！"接着又说："我的儿子今年十八岁，在××衙门里当公差，××老爷很欢喜他呢。""那么将来一定可以做官！那时你把这船丢了，去做老太爷！"船舱里和船艄里的人大家笑了。刚才涨塞在船里的沉闷的空气，都被笑声驱散了。船头在白云庵靠岸的时候，大家已把放生的事忘却。最后一小孩跨上了岸，回头对舟子喊道："老太爷再会！"岸上的人和船里的人又都笑起来。我们一直笑到了月下老人的祠堂里。

我们在月下老人的签筒里摸了一张"何如？子曰，可也。"的签，搭公共汽车回寓，天已经黑了。

杨柳

因为我的画中多杨柳树，就有人说我欢喜杨柳树；因为有人说我欢喜杨柳树，我似觉自己真与杨柳树有缘。但我也曾问心，为什么欢喜杨柳树？到底与杨柳树有什么深缘？其答案了不可得。原来这完全是偶然的：昔年我住在白马湖上，看见人们在湖边种柳，我向他们讨了一小株，种在寓屋的墙角里。因此给这屋取名为"小杨柳屋"，因此常取见惯的杨柳为画材，因此就有人说我欢喜杨柳，因此我自己似觉与杨柳有缘。假如当时人们在湖边种荆棘，也许我会给屋取名为"小荆棘屋"，而专画荆棘，成为与荆棘有缘，亦未可知。天下事往往如此。

但假如我存心要和杨柳结缘，就不说上面的话，而可以附会种种的理由上去。或者说我爱它的鹅黄嫩绿，或者说我爱它的如醉如舞，或者说我爱它像小蛮的腰，或者说我爱它是陶渊明的宅边所种，或者还可引援"客舍青青"的诗，"树犹如此"的话，以及"王恭之貌""张绪之神"等种种古典来，作为自己爱柳的理由。即使要找三百个冠冕堂皇、高雅深刻的理由，也是很容易的。天下事又往往如此。

也许我曾经对人说过"我爱杨柳"的话。但这话也是随缘的。仿佛我偶然买一双黑袜穿在脚上，逢人问我"为什么穿黑袜"时，就对他说"我欢喜穿黑袜"一样。实际，我向来对于花木无所爱好；即有之，亦无所执着。这是因为我生长穷乡，只见桑麻、禾黍、烟片、棉花、小麦、大豆，不曾亲近过万花如绣的园林。只在几本旧书里看见过"紫薇""红杏""芍药""牡丹"等美丽的名称，但难得亲近这等名称的所有者。并非完全没有见过，只因见时它们往往使我失望，不相信这便是曾对紫薇郎的紫薇花，曾使尚书出名的红杏，曾傍美人醉卧的芍药，或者象征富贵的牡丹。我觉得它们也只是植物中的几种，不过少见而名贵些，实在也没有什么特别可爱的地方，似乎不配在诗词中那样地受人称赞，更不配在花木中占据那样高尚的地位。因此我似觉诗词中所赞叹的名花是另外一种，不是我现在所看见的这种植物。我也曾偶游富丽的花园，但终于不曾见过十足地配称"万花如绣"的景象。

假如我现在要赞美一种植物，我仍是要赞美杨柳。但这与前缘无关，只是我这几天的所感，一时兴到，随便谈谈，也不会像信仰宗教或崇拜主义地毕生皈依它。为的是昨日天气佳，埋头写作到傍晚，不免走到西湖边的长椅子里坐了一会儿。看见湖岸的杨柳树上，好像挂着几万串嫩绿的珠子，在温暖的春风中飘来飘去，飘出许多弯度微微的 S 线来，觉得这一种植物实在美丽可爱，非赞它一下不可。

听人说，这种植物是最贱的。剪一根枝条来插在地上，它也会活起来，后来变成一株大杨柳树。它不需要高贵的肥料或工深的壅培，只要有阳光、泥土和水，便会生活，而且生得非常强健而美丽。牡丹花要吃猪肚肠，葡萄藤要吃肉汤，许多花木要吃豆饼，杨柳树不要吃人家的东西，因此人们说它是"贱"的。大概"贵"是要吃的意思。越要吃得多，越要吃得好，就是越"贵"。吃得很多很好而没有用处，只供观赏的，似乎更贵。例如牡丹比葡萄贵，是为了牡丹吃了猪肚肠只供观赏而葡萄吃了肉汤有结果的缘故。杨柳不要吃人的东西，且有木材供人用，因此被人看作"贱"的。

我赞杨柳美丽，但其美与牡丹不同，与别的一切花木都不同。杨柳的主要的美点，是其下垂。花木大都是向上发展的，红杏能长到"出墙"，古木能长到"参天"。向上原是好的，但我往往看见枝叶花果蒸蒸日上，似乎忘记了下面的根，觉得其样子可恶；你们是靠它养活的，怎么只管高踞上面，绝不理睬它呢？你们的生命建设在它上面，怎么只管贪图自己的光荣，而绝不回顾处在泥土中的根本呢？花木大都如此。甚至下面的根已经被砍，而上面的花叶还是欣欣向荣，在那里作最后一刻的威福，真是可恶而又可怜！杨柳没有这般可恶可怜的样子：它不是不会向上生长。它长得很快，而且很高；但是越长得高，越垂得低。千万条陌头细柳，条条不忘记根本，常常俯首顾着下面，时时借了春风之力，向处在泥土中的根本拜舞，或者和它亲吻，好像一群活泼的孩子环绕着他们的慈母而游戏，而时时依傍到慈母的身旁去，或者扑进慈母的怀里去，使人看了觉得非常可爱。杨柳树也有高出墙头的，但我不嫌它高，为了它高而能下，为了它高而不忘本。

自古以来，诗文常以杨柳为春的一种主要题材。写春景曰"万树垂杨"，写春色曰"陌头杨柳"，或竟称春天为"柳条春"。我以为这并非仅为杨柳当春抽条的缘故，实因其树有一种特殊的姿态，与和平美丽的春光十分调和的缘故。这种特殊的姿态，便是"下垂"。不然，当春发芽的树木不知凡几，何以专让柳条作春的主人呢？只为别的树木都凭仗了春之力而拼命向上，一味求高，忘记了自己的根本，其贪婪之相不合于春的精神。最能象征春的神意的，只有垂杨。

　　这是我昨天看了西湖边上的杨柳而一时兴起的感想。但我所赞美的不仅是西湖上的杨柳。在这几天的春光之下，乡村处处的杨柳都有这般可赞美的姿态。西湖似乎太高贵了，反而不适于栽植这种"贱"的垂杨呢。

梧桐树

寓楼的窗前有好几株梧桐树。这些都是邻家院子里的东西，但在形式上是我所有的。因为它们和我隔着适当的距离，好像是专门种给我看的。它们的主人，对于它们的局部状态也许比我看得清楚；但是对于它们的全体容貌，恐怕始终没看清楚呢。因为这必须隔着相当的距离方才看见。唐人诗云："山远始为容。"我以为树亦如此。自初夏至今，这几株梧桐树在我面前浓妆淡抹，显出了种种的容貌。

当春尽夏初，我眼看见新桐初乳的光景。那些嫩黄的小叶子一簇簇地顶在秃枝头上，好像一堂树灯，又好像小学生的剪贴图案，布置均匀而带幼稚气。植物的生叶，也有种种技巧：有的新陈代谢，瞒过了人的眼睛而在暗中偷换青黄。有的微乎其微，渐乎其渐，使人不觉察其由秃枝变成绿叶。只有梧桐树的生叶，技巧最为拙劣，但态度最为坦白。它们的枝头疏而粗，它们的叶子平而大。叶子一生，全树显然变容。

在夏天，我又眼看见绿叶成荫的光景。那些团扇大的叶片，长得密密层层。望去不留一线空隙，好像一个大绿障，又好像图案画中的一座青山。在我所常见的庭院植物中，叶子之大，除了芭蕉以外，恐怕无过于梧桐了。芭蕉叶形状虽大，数目不多，那丁香结要过好几天才展开一张叶子来，全树的叶子寥寥可数。梧桐叶虽不及它大，可是数目繁多。那猪耳朵一般的东西，重重叠叠地挂着，一直从低枝上挂到树顶。窗前摆了几枝梧桐，我觉得绿意实在太多了。古人说"芭蕉分绿上窗纱"，眼光未免太低，只是阶前窗下的所见而已。若登楼眺望，芭蕉便落在眼底，应见"梧桐分绿上窗纱"了。

一个月以来，我又眼看见梧桐叶落的光景。样子真凄惨呢！最初绿色黑暗起来，变成墨绿；后来又由墨绿转成焦黄；北风一吹，它们大惊小怪地闹将起来，大大的黄叶便开始辞枝——起初突然地落脱一两张来，后来成群地飞下一大批来，好像谁从高楼上丢下来的东西。枝头渐渐地虚空了，露出树后面的房屋来，终于只剩几根枝条，回复了春初的面目。这几天它们空手站在我的窗前，好像曾经娶妻生子而家破人亡了的光棍，样子怪可怜的！我想起了古人的诗："高高山头树，风吹叶落去。一去数千里，何当还故处？"现在倘要搜集它们的一切落叶来，使它们一齐变绿，重还故枝，回复夏日的光景，即使仗了世间一切支配者的势力，尽了世间一切机械的效能，也是不可能的事了！回黄转绿世间多，但象征悲哀的莫如落叶，尤其是梧桐的落叶。落花也曾令人悲哀。但花的寿命短促，犹如婴儿初生即死，我们虽也怜惜他，但因对他关系未久，回忆不多，因之悲哀也不深。叶的寿命比花长得多，尤其是梧桐的叶，自初生至落尽，占有大半年之久，况且这般繁茂，这般盛大！眼前高厚浓重的几堆大绿，一朝化为乌有！"无常"的象征，莫大于此了！

但它们的主人，恐怕没有感到这种悲哀。因为他们虽然种植了它们，所有了它们，但都没有看见上述的种种光景。他们只是坐在窗下瞧瞧它们的根干，站在阶前仰望它们的枝叶，为它们扫扫落叶而已，何从看见它们的容貌呢？何从感到它们的象征呢？可知自然是不能被占有的。可知艺术也是不能被占有的。

山水间的生活，因为需要不便而菜根更香，豆腐更肥。
因为寂寞而邻人更亲。

春

春是多么可爱的一个名词！自古以来的人都赞美它，希望它长在人间。诗人，特别是词客，对春爱慕尤深。试翻词选，差不多每一页上都可以找到一个"春"字。后人听惯了这种话，自然地随喜附和，即使实际上没有理解春的可爱的人，一说起春也会觉得欢喜。这一半是春这个字的音容所暗示的。"春！"你听，这个音读起来何等铿锵而惺忪可爱！这个字的形状何等齐整妥帖而具足对称的美！这么美的名字所隶属的时节，想起来一定很可爱。好比听见名叫"丽华"的女子，想来一定是个美人。

然而实际上春不是那么可喜的一个时节。我积三十六年之经验，深知暮春以前的春天，生活上是很不愉快的。

梅花带雪开了，说道是漏泄春的消息。但这完全是精神上的春，实际上雨雪霏霏，北风烈烈，与严冬何异？所谓迎春的人，也只是瑟缩地躲在房栊内，战栗地站在屋檐下，望望枯枝一般的梅花罢了！

再迟个把月吧，就像现在：惊蛰已过，所谓春将半了。住在都会里的朋友想象此刻的乡村，足有画图一般美丽，连忙写信来催我写春的随笔。好像因为我偎傍着春，惹他们妒忌似的。其实我们住在乡村间的人，并没有感到快乐，却生受了种种的不舒服：寒暑表激烈地升降于三十六度至六十二度[1]之间。一日之内，乍暖乍寒。暖起来可以想起都会里的冰淇淋，寒起来几乎可见天然冰，饱尝了所谓"料峭"的滋味。天气又忽晴忽雨，偶一出门，干燥的鞋子往往拖泥带水归来。"一春能几番晴"是真的；"小楼一夜听春雨"其实没有什么好听，单调得很，远不及你们都会里的无线电的花样繁多呢。春将半了，但它并没有给我们一点舒服，只教我们天天愁寒，愁暖，愁风，愁雨。正是"三分春色二分愁，更一分风雨"！

　　春的景象，只有乍寒、乍暖、忽晴、忽雨是实际而明确的。此外虽有春的美景，但都隐约模糊，要仔细探寻，才可依稀仿佛地见到，这就是所谓"寻春"罢？有的说"春在卖花声里"，有的说"春在梨花"，又有的说"红杏枝头春意闹"，但这种景象在我们这枯寂的乡村里都不易见到。即使见到了，肉眼也不易认识。总之，春所带来的美，少而隐；春所带来的不快，多而确。诗人词客似乎也承认这一点，春寒、春困、春愁、春怨，不是诗词中的常谈么？不但现在如此，就是再过个把月，到了清明时节，也不见得一定春光明媚，令人极乐。倘又是落雨，路上的行人将要"断魂"呢。

　　可知春徒有其名，在实际生活上是很不愉快的。实际，一年中最愉快的时节，是从暮春开始的。就气候上说，暮春以前虽然大体逐渐

1　三十六、六十二均指华氏度。

由寒向暖，但变化多端，始终是乍寒、乍暖，最难将息的时候。到了暮春，方才冬天的影响完全消灭，而一路向暖。寒暑表上的水银爬到 temperate（温和）上，正是气候最 temperate 的时节。就景色上说，春色不须寻找，有广大的绿野青山，慰人心目。古人词云："杜宇一声春去，树头无数青山。"原来山要到春去的时候方才全青，而惹人注目。我觉得自然景色中，青草与白雪是最伟大的现象。造物者描写"自然"这幅大画图时，对于春红、秋艳，都只是略蘸些胭脂、朱磦，轻描淡写。到了描写白雪与青草，他就毫不吝惜颜料，用刷子蘸了铅粉、藤黄和花青而大块地涂抹，使屋屋皆白，山山皆青。这仿佛是米派山水的点染法，又好像是 Cézanne（塞尚）风景画的"色的块"，何等泼辣的画风！而草色青青，连天遍野，尤为和平可亲、大公无私的春色。花木有时被关闭在私人的庭园里，吃了园丁的私刑而献媚于绅士淑女之前。草则到处自生自长，不择贵贱高下。人都以为花是春的作品，其实春工不在花枝，而在于草。看花的能有几人？草则广泛地生长在大地的表面，普遍地受大众的欣赏。这种美景，是早春所见不到的。那时候山野中枯草遍地，满目憔悴之色，看了令人不快。必须到了暮春，枯草尽去，才有真的青山绿野的出现，而天地为之一新。一年好景，无过于此时。自然对人的恩宠，也以此时为最深厚了。

讲求实利的西洋人，向来重视这季节，称之为 May（五月）。May 是一年中最愉快的时节，人间有种种的娱乐，即所谓 May-queen（五月美人）、May-pole（五月彩柱）、May-games（五月游艺）等。May 这一个字，原是"青春""盛年"的意思。可知西洋人视一年中的五月，犹如人生中的青年，为最快乐、最幸福、最精彩的时期。这确是名副其实的。但东洋人的看法就与他们不同：东洋人称这时期为暮春，正是留春、送春、惜春、伤春，而感慨、悲叹、流泪的时候，全然说不到乐。东洋人之乐，乃在"绿柳才黄半未匀"的新春，便是那忽晴、忽雨、乍暖、乍寒，最难将息的时候。这时候实际生活上虽然并不舒服，但默察花柳的萌动，静观天地的回春，在精神上是最愉快的。故西洋的"May"相当于东洋的"春"。这两个字读起来声音都很好听，看起来样子都很美丽。不过 May 是物质的、实利的，而春是精神的、艺术的。东西洋文化的判别，在这里也可窥见。

山水间的生活

　　我家迁住白马湖上后三天，我在火车中遇见一个朋友，对我这样说："山水间虽然清静，但物质的需要不便之外，住家不免寂寞，办学校不免闭门造车，有利亦有弊。"我当时对于这话就起一种感想，后来忙中就忘却了。

　　现在春晖在山水间已生活了近一年了，我的家庭在山水间已生活了一月多了。我对于山水间的生活，觉得有意义，又想起了火车中的友人的话。写出我的几种感想在下面。

　　我曾经住过上海，觉得上海住家，邻人都是不相往来，而且敌视的。我也曾做过上海的学校教师，觉得上海的繁华和文明，能使聪明的明白人得到暗示和觉悟，而使悟力薄弱的人收到很恶的影响。我觉得上海虽热闹，实在寂寞，山中虽冷静，实在热闹，不觉得寂寞。就是上海是骚扰的寂寞，山中是清静的热闹。

　　在火车里的几小时，是在这社会里四五十年的人生的缩图。座位被占、提包被偷等恐慌，就是生活恐慌的缩形。倘嫌山水间的生活的寂寞，而慕都会的热闹，犹之在只乘四五个相熟的人的火车里嫌寂寞，要往别的拥挤着的车子里去。如果有这样的人，他定是要描写拥挤的车子而去观察的小说家，否则是想图利去的pickpocket（扒手）。

我在教授图画唱歌的时候，觉得以前曾在别处学过图画唱歌的人最难教授，全然没有学过的人容易指导。同样，我觉得在社会里最感到困难的是"因袭的打破难"。许多学校风潮，许多家庭悲剧，许多恶劣的人类分子，都是"因袭的罪恶"，何尝是人间本身的不良。因袭好比遗传，永不断绝。新文化一次输入因袭旧恶的社会里，仿佛注些花露水在粪里，气味更难当。再输入一次，仿佛在这花露水和粪里再注入些香油，又变一种臭气。我觉得无论什么改造，非先除去因袭的恶弊终归越弄越坏。在山水间的学校和家庭，不拘何等孤僻，何等少见闻，何等寂寥，"因袭的传染的隔远"和"改造的容易入手"是实实在在的事实。

我从前往往听见人讲到子弟求学或职业等问题，都说："总要出上海"，听者带着一种对于将来生活的恐慌的自警的态度默应着。把这等话的心理解剖起来，里面含着这样的几个要素：

（一）上海确是文明地，冠盖之区，要路津。

（二）少年应当策高足，先据这要路津。

（三）这就是吾人应走的前途。所谓闭门造车，也是具有这样的内容的话。怀着这样的思想的人，是因袭的奴隶，是因袭的维持者。

闭门造车，是指说不符合门外的轨道的大小，造了不能在门外的轨道上运行的车。行车一定要在已成的轨道上吗？这已成的轨道确是引导我们走正路的吗？有了车不能造轨道的吗？在这"闭门造车"一句话里，分明表示着人们的依赖、因袭和创造力多么薄弱。

不造则已，如果要造车，一定非闭门造不可。如果依照已成的轨道而造，所造出的车子和以前已有的车子一样，就在已成的轨道上随波逐流地去了。即使已有的车子是好的，已成的轨道是正的，造车的效力也不过加多了车，不是造车的进步。何况已有的车子或者不好，已成的轨道或者不正呢。

"好久不到都会了，好久不看报了，退步了。"这样说的人也有。实在，进步是前进的意思，进步越快，离社会越远，离社会越远，进步越深（这是厨川白村说的）。子路说道："吾过矣，吾离群而索居，亦已久矣。"这便是子路所以为子路。

"山水间生活，有利亦有弊"，这大概是指清静、空气新鲜、生活程度低……是利。需要不便、寂寞、闭门造车……是弊。这是要计较两方的利弊长短而取舍的意思。这话的内容和"新思想并不恶、时势变更了不得已而然的。但从前的习惯一概不好，也不能说"的话同是乡愿的话。

这话的变形，就是"凡物都有明暗两方面的"。这话固然不错。但我觉得明暗是一体的。非但如此，明是因为有暗而益明的。仿佛绘画，明调子因暗调子而益美，暗调子因明调子而也美了。断不是明面好，暗面不好。如果取明而弃暗。就是 Ruskin（罗斯金）所谓："自然像日光和阴影相交一般混合着优劣两种要素，使双方相互地供给效用和势力的。所以除去阴影的画家，定要在他自己造出来的无荫的沙漠里烧死！"

爱一物，是兼爱它的明暗两方面。否，没有暗的明是不明的，是不可爱的。我往往觉得山水间的生活，因为需要不便而菜根更香，豆腐更肥。因为寂寥而邻人更亲。

　　且勿论都会的生活与山水间的生活孰优孰劣，孰利孰弊。人生随处皆不满，欲图解脱，唯于艺术中求之。

赤栏桥外柳千条

　　日丽风和的一个下午，独自在西湖边上彷徨。暂时忘记了时间，忘记了地点，甚至忘记了自身，而放眼观看目前的春色。但见绿柳千条，映着红桥一带，好一片动人的光景！古人诗云"赤栏桥外柳千条"，昔日我常叹赏它为描写春景的佳句。今日看见了它的实景，叹赏得愈加热烈了。但是，这也并非因为见了诗的实景之故，只因我忘记了时间，忘记了地点，甚至忘记了自身，所见的就是诗人的所见；换言之，实景就是诗，所以我的叹赏能愈加热烈起来。不然，凶恶的时代消息弥漫在世界的各处，国难的纪念碑矗立在西湖的彼岸，也许还有人类的罪恶充塞在赤栏桥畔的汽车里，柳荫深处的楼台中，世间有什么值得叹赏呢？从前的雅人欢喜管领湖山，常自称为"西湖长""西湖主"。做了长，做了主，哪里还看得见美景？恐怕他们还不如我一个在西湖上的游客，能够忘怀一切，看见湖上的画意诗情呢！

　　但是，忘怀一切，到底是拖着肉体的人所难以持久的事。"赤栏桥外柳千条"之美,只能在一瞬间使我陶醉,其次的瞬间就把我的思想拉到艺术问题上去。红配着绿,何以能使人感到美满?细细咀嚼这个小问题,彷徨中的心也算有了一个着落。

据美学者说,色彩都有象征力,能作用于人心。人的实际生活上,处处盛用着色彩的象征力。现在让我先把红绿两色的用例分别想一想看:据说红象征性爱,故关于性的曰"桃色"。红象征婚姻,故俗称婚丧事曰"红白事"。红象征女人,故旧称女人曰"红颜""红妆"。女人们自己也会很巧妙地应用红色:有的把脸孔涂红,有的把嘴唇涂红,有的把指爪涂红,更有的用大红做衣服的里子,行动中时时闪出这种刺目的色彩来,仿佛在对人说:"我表面上虽镇静,内面是怀抱着火焰般的热情的啊!"爱与结婚,总是欢庆的,繁荣的。因此红又可象征尊荣,故俗称富贵曰"红"。

中国人有一种特殊的脾气:受人银钱报谢,不欢喜明明而欢喜隐隐,不欢喜直接而欢喜间接。在这些时候,就用得着红色的帮助,只要把银钱用红纸一包,即使明明地送去,直接地送去,对方看见这色彩自会欣然乐受。这可说是红色的象征力的一种妙用!然而红还有相反的象征力:在古代,杀头犯穿红衣服,红是罪恶的象征。

在现代,车站上阻止火车前进用红旗,马路上阻止车马前进用红灯,红是危险的象征;义旗大都用红,红是革命的。苏联用红旗的,人就称苏联曰"赤俄",而谨防她来"赤化"。同是赤,为什么红纸包的银钱受人欢迎,而赤化遭人大忌呢?这里似乎有点矛盾。但从根本上想,亦可相通:大概人类对于红色的象征力的认识,始于火和血。火是热烈的,血是危险的。热烈往往近于危险,危险往往由于热烈。凡是热情、生动、发展、繁荣、力强、激烈、危险等性状,都可由火和血所有的色彩而联想。总之，红是生动的象征。

绿象征和平。故车站上允许火车前进时用绿旗，马路上允许车马前进时用绿灯。这些虽然是人为的记号，其取用时也不无自然的根据。设想不用红和绿而换两种颜色，例如黄和紫，蓝和橙，就远不及红和绿的自然，又不容易记忆，驾车人或将因误认而肇事亦未可知。只有红和绿两色，自然易于记忆。驾车人可从灯的色彩上直觉地感到前途的状况，不必牢记这种记号所表示的意味。人的眼睛与身体的感觉，巧妙地相关联着。

红色映入眼中，身体的感觉自然会紧张起来。绿色映入眼中，身体的感觉自然会从容起来。你要见了红勉强装出从容来，见了绿勉强装出紧张来，固无不可；然而不是人之常情。从和平更进一步，绿又象征亲爱。故替人传达音信的邮差穿绿衣，世界语学者用象征和平亲爱的绿色为标识，都是很有意义的规定。大概人类对于绿色的象征力的认识，始于自然物。像今天这般风和日丽的春天，草木欣欣向荣，山野遍地新绿，人意亦最欢慰。设想再过数月，绿树浓荫，漫天匝地，山野中到处给人张着自然的绿茵与绿幕，人意亦最快适，故凡欢慰、和乐、平静、亲爱、自然、快适等性状，都可由自然所有的色彩而联想。总之，绿是安静的象征。

红和绿并列使人感到美观，由上述的种种用例和象征力可推知。红象征生动，绿象征安静。既生动而又安静，原是最理想的人生。自古以来，太平盛世的人，心中都有这两种感情饱和地融合着。目前的，"赤栏桥外柳千条"的色彩，正是太平盛世的象征。

这也可从色彩学上解说：世间一切色彩，不外由红黄蓝三色变化而生。故红黄蓝三者称为"三原色"。三原色各有其特性：红热烈、黄庄严，蓝沉静。每两种原色相拼合，成为"三间色"，即红黄为橙，红蓝为紫，黄蓝为绿。三间色亦各有其特性：橙是热烈加庄严，即神圣；紫是热烈加沉静，即高贵；绿为庄严加沉静，即和平也。如此屡次拼合，即可产生无穷的色彩，各有无穷的特性。今红与绿相配合，换言之，即红与黄蓝相配合。对此中三原色俱足。换言之，即包含着世间一切色彩。故映入人目，感觉饱和而圆满，无所偏缺。可知红绿对比之所以使人感觉美满，根本的原因在于三原色的俱足。

然三原色俱足的对比，不止红绿一种配合而已。黄与紫（红蓝），蓝与橙（红黄），都是俱足三原色的。何以红与绿的配合特别美满呢？这是由于三原色性状不同之故。色彩中分阴阳二类，红为阳之主；色彩中分明暗二类，红为明之主；色彩中分寒暖二类，红为暖之主。阳强于阴，明强于暗，暖强于寒。故红为三原色中最强者，力强于黄，黄又力强于蓝。故以黄蓝合力（绿）来对比红，最为势均力敌。红蓝（紫）对比黄次之。红黄（橙）对比蓝又次之。从它们的象征上看，也可明白这个道理：热烈、庄严与沉静，在人的感情的需要上，也作顺次的等差。热烈第一，庄严次之，沉静又次之。

重沉静者失之柔，重庄严者失之刚。只有重热烈者，始得阴阳刚柔之正，而合于人的感情的需要，尤适于生气蓬勃的人的心情。故朴厚的原始人欢喜红绿；天真的儿童欢喜红绿；喜庆的人欢喜红绿；受了丽日和风的熏陶，忘怀了时世的忧患，而彷徨于西湖滨的我，也欢喜"赤栏桥外柳千条"的色彩的饱和，因此暂时体验了盛世黎民的幸福的心情。

可惜这千条杨柳不久就要摇落变衰。只恐将来春归夏尽，秋气肃杀，和平的绿色尽归乌有，单让赤栏桥的含有危险性的色彩独占了自然界，而在灰色的环境中猖獗起来。然而到那时候，西湖上将不复有人来欣赏景色，我也不会再在这里彷徨了。

"艺术的逃难"

那年（1939 年）日本军在广西南宁登陆，向北攻陷宾阳，浙江大学正在宾阳附近的宜山[1]，学生、教师扶老携幼，仓皇向贵州逃命，道路崎岖，交通阻塞。大家吃尽千辛万苦，才到得安全地带。我正是其中之一人，带了从一岁到七十二岁的眷属十人，和行李十余件，好容易来到遵义。看见比我早到的张其昀先生，他幽默地说："听说你这次逃难很是'艺术的'？"我不禁失笑，因为我这次逃难，的确受艺术的帮忙。

那时我还在浙江大学任教。因为宜山每天两次警报，不胜奔命之苦。我把老弱者六人送到百余里外的思恩县的学生家里。自己和十六岁以上的儿女四人（三女一男）住在宜山；我是为了教课，儿女是为了读书。敌兵在南宁登陆之后，宜山的人，大家忧心忡忡，计划逃

---

1 即当时的宜山县，今天的宜州市，抗战期间曾先后属柳州监督区、庆远区、柳州区管辖。

难。然因学校当局未有决议，大家莫知所适从。我每天逃两个警报，吃一顿酒，迁延度日。现在回想，真是糊里糊涂！

不久宾阳沦陷了！宜山空气极度紧张。汽车大敲竹杠。"大难临头各自飞"，不管学校如何，大家各自设法向贵州逃。我家分两处，呼应不灵，如之奈何！幸有一位朋友，代我及其他两家合雇一辆汽车，竹杠敲得不重，一千二百元（一九三九年的）送到都匀。言定经过离此九十里的德胜站时停一停，让我的老弱六人上车。一方面打长途电话到思恩，叫他们整理行物，在德胜站等候我们的汽车。岂知到了开车的那一天，大家一早来到约定地点，而汽车杳无影踪。等到上午，车还是不来，却挂了一个预报球！行李尽在路旁，逃也不好，不逃也不好，大家捏两把汗。幸而警报不来，但汽车也不来！直到下午，始知被骗。丢了定洋一百块钱，站了一天公路。这一天真是狼狈之极！

找旅馆住了一夜。第二日我决定办法：叫儿女四人分别携带轻便行李，各自去找车子，以都匀为目的地。谁先到目的地，就在车站及邮局门口贴个字条。说明住处，以便相会。这样，化整为零，较为轻便了。我惦记着在德胜站路旁候我汽车的老弱六人，想找短路汽车先到德胜。找了一个朝晨，找不到。却来了一个警报，我便向德胜的公路上走。息下脚来，已经走了数里。我向来车招手，他们都不睬，管自开过，一看表还只八点钟，我想，求人不如求己，我决定徒步四十五里到怀远站，然后再找车子到德胜。拔脚迈进，果然走到了怀远。

怀远我曾到过，是很热闹的一个镇。但这一天很奇怪：我走上长街，店门都关，不见人影。正在纳罕，猛忆"岂非在警报中？"，连忙逃出长街，一口气走了三四里路，看见公路旁村下有人卖团子，方才息足。一问，才知道是紧急警报！看表，是下午一点钟。问问吃团子的两个兵，知道此去德胜，还有四十里，他们是要步行赴德胜的。我打听得汽车滑竿都无希望，便再下一个决心，继续步行。我吃了一碗团子，用毛巾填在一只鞋子底里，又脱下头上的毛线帽子来，填在另一只鞋子底里。一个兵送我一根绳，我用绳将鞋和脚扎住，使不脱落。然后跟了这两个兵，再上长途。我准拟在这一天走九十里路，打破我平生走路的纪录。

路上和两个兵闲谈，知道前面某处常有盗匪路劫。我身上有钞票八百余元（一九三九年的），担起心来。我把八百元整数票子从袋里摸出，用破纸裹好，握在手里。倘遇盗匪，可把钞票抛在草里，过后再回来找。幸而不曾遇见盗匪，天黑，居然走到了德胜。到区公所一问，知道我家老弱六人昨天一早就到，住在某伙铺里。我找到伙铺，相见互相惊讶，谈话不尽。此时我两足酸痛，动弹不得。伙铺老板原是熟识的，为我沽酒煮菜。我坐在被窝里，一边饮酒，一边谈话，感到特殊的愉快。颠沛流离的生活，也有其温暖的一面。

次日得宜山友人电话，知道我的儿女四人中，三人已于当日找到车子出发。啊！原来在我步行九十里的途中，他们三人就在我身旁驶过的车子里，早已疾行先长者而去了！我这里有七十二岁的老岳母、我的老姐、老妻，十一岁的男孩，十岁的女孩，以及一岁多的婴孩，外加十余件行李。这些人物，如何运往贵州呢？到车站问问，失望而回。又次日。又到车站，见一车中有浙大学生。蒙他们帮忙，将我老姐及一男孩带走，但不能带行李。于是留在德胜的，还有老小五人，和行李十余件，这五人不能再行分班，找车愈加困难。而战事日益逼近，警报每天两次。我的头发便是在这种时光不知不觉地变白的！

在德胜空住了数天，决定坐滑竿，雇挑夫，到河池，再觅汽车。这早上来了十二名广西苦力。四乘滑竿，四个脚夫。把人连物，一齐扛走，迤逦而西，晓行夜宿，三天才到河池。这三天的生活竟是古风。旧小说中所写的关山行旅之状，如今更能理解了。

河池地方很繁盛，旅馆也很漂亮。我赁居某旅馆，楼上一室，镜台、痰盂、茶具、蚊帐，一切俱全，竟像杭州的二三等旅馆。老板是读书人，知道我的"大名"，招待得很客气，但问起向贵州的汽车，他只有摇头。我起个大早，破晓就到车站去找车子，但见仓皇、拥挤、混乱之状，不可向迩，废然而返。第二天又破晓到车站，我手里拿了一大束钞票而找司机。有的看看我手中的钞票，抱歉地说，人满了，搭不上了！有的问我有几个人，我说人三个，行李八件（其实是五个，十二件），他好像吓了一跳，掉头就走。如是者凡数次。我颓唐地回旅馆。站在窗前怅望，南国的冬日，骄阳艳艳，青天漫漫，而予怀渺渺，后事茫茫，这一群老幼，流落道旁，如何是好？传闻敌将先攻河池，包围宜山、柳州。又传闻河池日内将有大空袭。这晴明的日子，正是标准的空袭天气。一有警报，我们这位七十二岁的老太太怎样逃呢？万一突然打到河池来，那更不堪设想了！

这样提心吊胆地过了好几天，前途似乎已经绝望。旅馆老板安慰我说："先生还是暂时不走，在这里休息一下，等时局稍定再说。"我说："你真是一片好心！但是，万一打到这里来，我人地生疏，如之奈何？"他说："我有家在山中，可请先生同去避乱。"我说："你真是义士！我多蒙照拂了。但流亡之人，何以为报呢？"他说："若得先生到乡，趁避乱之暇，写些书画，给我子孙世代宝藏，我便受赐不浅了!"在这样交谈之下,我们便成了朋友。我心中已有七八分跟老板入山,但二三分还想觅车向都匀走。

次日,老板拿出一副大红闪金纸对联来,要我写字。说:"老父今年七十,蛰居山中。做儿女的糊口四方,不能奉觞上寿,欲乞名家写联一副,托人带去,聊表寸草之心,可使蓬荜生辉!"我满口答允。就到楼下客厅中写对。墨早磨好,浓淡恰到好处,我提笔就写。普通庆寿的八言联,文句也不值得记述了。那闪金银纸是不吸水的,墨渖堆积,历久不干。门外马路边太阳光作金黄色。他的管账提议:抬出门外去晒,老板反对,说怕被人踏损了。管账说:"我坐着看管!"就由茶房帮同,把墨迹淋漓的一副大红对联抬了出去。我写字时,暂时忘怀了逃难。这时候又带了一颗沉重的心,上楼去休息,岂知一线生机,就在这里发现。

老板亲自上楼来,说有一位赵先生要见我,我想下楼,一位穿皮上衣的壮年男子已经走上楼来了。他握住我的手,连称"久仰""难得"。我听他的口音,是无锡、常州之类。乡音入耳,分外可亲。就请他在楼上客间里坐谈。他是此地汽车加油站的站长,来的不久。适才路过旅馆,看见门口晒着红对子,是我写的,而墨迹未干,料想我一定在旅馆内,便来访问。我向他诉说了来由和苦衷,他慷慨地说:"我有办法。也是先生运道太好:明天正有一辆汽油的车子开都匀。尚有空地,让先生运走。"我说:"那么你自己呢?"他说:"我另有办法。况且战事尚未十分逼近,我是要到最后才走的。"讲完了,他起身就走,说晚上再同司机来看我。

我好比暗中忽见灯光,惊喜之下,几乎雀跃起来。但一刹那间,我又消沉,颓唐,以至于绝望,因为过去种种忧患伤害了我的神经,使它由过敏而变成衰弱。我对人事都怀疑。这江苏人与我萍水相逢，他的话岂可尽信？况在找车难于上青天的今日，我岂敢盼望这种侥幸！他的话多分是不负责的。我没有把这话告诉我的家人，免得他们空欢喜。

岂知这天晚上，赵君果然带了司机来了。问明人数，点明行李，叮嘱司机之后，他拿出一卷纸来，要我作画。我就在灯光之下，替他画了一幅墨画。这件事我很乐愿，同时又很苦痛。赵君慷慨乐助，救我一家出险，我写一幅画送他留个永念，是很乐愿的。就作画这件事说，我一向欢喜自动，兴到落笔，毫无外力强迫，为作画而作画，这才是艺术品，如果为了敷衍应酬，为了交换条件，为了某种目的或作用而作画，我的手就不自然，觉得画出来的，笔笔没有意味，我这个人也毫无意味。但在那时，也只得勉强破例，在昏昏灯火下用恶劣的纸笔作画。

次日一早，赵君亲来送行，汽车顺利地开走。下午我们老幼五人及行李十二件，安全地到达了目的地都匀，汽车站壁上贴着我的老姐及儿女们的住址，他们都已到了。全家十一人，在离散十六天之后，在安全地带重行团聚，老幼俱各无恙。我们找到了他们的时候，大家笑得合不拢嘴来。正是"人世难逢开口笑，茅台须饮两千杯！"这晚上十一人在中华饭店聚餐，我饮茅台酒大醉。

一个普通平民，要在战事紧张的区域内舒泰地运出老幼五人和十余件行李，确是难得的事。我全靠一副对联因缘，居然得到了这权利。当时朋友们夸饰为美谈。这就是某君所谓"艺术的逃难"。但当时那副对联倘不拿出去晒，赵君无由和我相见，我就无法得到这权利，我这逃难就得另换一种情状，也许更好；但也许更坏；列在铁路下，转乎沟壑……都是可能的事，人真是可怜的动物！极微细的一个"缘"，例如晒对联，可以左右你的命运，操纵你的生死。而这些"缘"都是天造地设，全非人力所能把握的。寒山子诗云："碌碌群汉子，万事由天公。"人生的最高境界，只有宗教。所以我的逃难，与其说是"艺术的"，不如说是"宗教的"。人的一切生活，都可说是"宗教的"。

　　赵君名正民，最近还和我通信。

山中避雨

　　前天同了两女孩到西湖山中游玩，天忽下雨。我们仓皇奔走，看见前方有一小庙，庙门口有三家村，其中一家是开小茶店而带卖香烛的。我们趋之如归。茶店虽小，茶也要一角钱一壶。但在这时候，即使两角钱一壶，我们也不嫌贵了。

　　茶越冲越淡，雨越落越大。最初因游山遇雨，觉得扫兴；这时候山中阻雨的一种寂寥而深沉的趣味牵引了我的感兴，反觉得比晴天游山趣味更好。所谓"山色空蒙雨亦奇"，我于此体会了这种境界的好处。然而两个女孩子不解这种趣味，她们坐在这小茶店里躲雨，只是怨天尤人，苦闷万状。我无法把我所体验的境界为她们说明，也不愿使她们"大人化"而体验我所感的趣味。

　　茶博士坐在门口拉胡琴。除雨声外，这是我们当时所闻的唯一的声音。拉的是《梅花三弄》，虽然声音摸得不大正确，拍子还拉得不错。这好像是因为顾客稀少，他坐在门口拉这曲胡琴来代替收音机做广告的。可惜他拉了一会儿就罢，使我们所闻的只是嘈杂而冗长的雨声。为了安慰两个女孩子，我就去向茶博士借胡琴。"你的胡琴借我弄弄好不好？"他很客气地把胡琴递给我。

我借了胡琴回茶店，两个女孩很欢喜。"你会拉的？你会拉的？"我就拉给她们看。手法虽生，音阶还摸得准。因为我小时候曾经请我家邻近的柴主人[1]阿庆教过《梅花三弄》，又请对面弄内一个裁缝司务大汉教过胡琴上的工尺。阿庆的教法很特别，他只是拉《梅花三弄》给你听，却不教你工尺的曲谱。他拉得很熟，但他不知工尺。我对他的拉奏望洋兴叹，始终学他不来。后来知道大汉识字，就请教他。他把小工调、正工调的音阶位置写了一张纸给我，我的胡琴拉奏由此入门。现在所以能够摸出正确的音阶者，一半由于以前略有摸 violin（小提琴）的经验，一半仍是根基于大汉的教授的。在山中小茶店里的雨窗下，我用胡琴从容地（因为快了要拉错）拉了种种西洋小曲。两女孩和着了歌唱，好像是西湖上卖唱的，引得三家村里的人都来看。一个女孩唱着《渔光曲》，要我用胡琴去和她。我和着她拉，三家村里的青年们也齐唱起来，一时把这苦雨荒山闹得十分温暖。我曾经吃过七八年音乐教师饭，曾经用 piano（钢琴）伴奏过混声四部合唱，曾经弹过 Beethoven（贝多芬）的 sonata（奏鸣曲）。但是有生以来，没有尝过今日般的音乐的趣味。

两部空黄包车拉过，被我们雇定了。我付了茶钱，还了胡琴，辞别三家村的青年们，坐上车子。油布遮盖我面前，看不见雨景。我回味刚才的经验，觉得胡琴这种乐器很有意思。piano 笨重如棺材，violin 要数十百元一具，制造虽精，世间有几人能够享用呢？胡琴只

---

1 在作者家乡指替农民称柴并介绍顾主，从中收取少量佣金的人。

要两三角钱一把，虽然音域没有 violin 之广，也尽够演奏寻常小曲。虽然音色不比 violin 优美，装配得法，其发音也还可听。这种乐器在我国民间很流行，剃头店里有之，裁缝店里有之，江北船上有之，三家村里有之。倘能多造几个简易而高尚的胡琴曲，使像《渔光曲》一般流行于民间，其艺术陶冶的效果，恐比学校的音乐课广大得多呢。我离去三家村时，村里的青年们都送我上车，表示惜别。我也觉得有些依依。（曾经搪塞他们说："下星期再来！"其实恐怕我此生不会再到这三家村里去吃茶且拉胡琴了。）若没有胡琴的因缘，三家村里的青年对于我这路人有何惜别之情，而我又有何依依于这些萍水相逢的人呢？古语云："乐以教和。"[1]我做了七八年音乐教师没有实证过这句话，不料这天在这荒村中实证了。

1 语出《礼记》，意为音乐可以教育、感化人，使人和谐相处。

钱江看潮记

　　阴历八月十八，我客居杭州。这一天恰好是星期日，寓中来了两位亲友，和两个例假返寓的儿女。上午，天色阴而不雨，凉而不寒。有一个人说起今天是潮辰，大家兴致勃勃起来，提议到海宁看潮。但是我的左足趾上患着湿毒，行步维艰还在其次；鞋根拔不起来，拖了鞋子出门，违背新生活运动，将受警察干涉。但为此使众人扫兴，我也不愿意。于是大家商议，修改办法：借了一只大鞋子给我的左足穿了，又改变看潮的地点为钱塘江边，三廊庙。我们明知道钱塘江边潮水不及海宁的大，真是"没啥看头"的。但凡事轮到自己去做时，无论如何总要想出它一点好处来，一以鼓励勇气，一以安慰人心。就有人说："今年潮水比往年大，钱塘江潮也很可观。""今天的报上说，昨天江边车站的铁栏都被潮水冲去，二十几个人爬在铁栏上看潮，一时淹没，幸为房屋所阻，不致与波臣为伍，但有四人头破血流。"听了这样的话，大家觉得江干不亚于海宁，此行一定不虚。我就伴了我的二位亲友，带了我的女儿和一个小孩子，一行六人，就于上午十时动身赴江边。我两脚穿了一大一小的鞋子跟在他们后面。

我们乘公共汽车到三廊庙，还只十一点钟。我们乘义渡过江，去看看杭江路的车站，果有乱石板木狼藉于地，说是昨日的潮水所致的。钱江两岸两个码头实在太长，加起来恐有一里路。回来的时候，我的脚吃不消，就坐了人力车。坐在车中看自己的两脚，好像是两个人的。倘照样画起来，见者一定要说是画错的，但一路也无人注意，只是我自己心虚，偶然逢到有人看我的脚，我便疑心他在笑我，碰到认识的人，谈话之中还要自己先把鞋的特殊的原因告诉他。他原来没有注意我的脚，听我的话却知道了。善于为自己辩护的人，欲掩其短，往往反把短处暴露了。

我在江心的渡船中遥望北岸，看见码头近旁有一座楼，高而多窗，前无障碍。我选定这是看潮最好的地点。看它的模样，不是私人房屋，大约是茶馆酒店之类，可以容我们去坐的。为了脚痛，为了口渴，为了肚饥，又为了贪看潮的眼福，我遥望这座楼觉得异常玲珑，犹似仙境一般美丽。我们跳上码头，已是十二点光景。走尽了码头，果然看见这座楼上挂着茶楼的招牌，我们欣然登楼。走上扶梯，看见列着明窗净几，全部江景被收在窗中，果然一好去处。茶客寥寥，我们六人就占据了临窗的一排椅子。

我回头喊堂倌："一红一绿！"堂倌却空手走过来，笑嘻嘻地对我说："先生，今天是买座位的，每位小洋四角。"我的亲友们听了这话都立起身来，表示要走。但儿女们不闻不问，只管凭窗眺望江景，指东话西，有说有笑，正是得其所哉。我也留恋这地方，但我的亲友们以为座价太贵，同堂倌讲价，结果三个小孩子"马马虎虎"，我们六个人一共出了一块钱[1]。先付了钱，方才大家放心坐下。托堂倌叫了六碗面，又买了些果子，权当午饭。大家正肚饥，吃得很快。吃饱之后，看见窗外的江景比前更美丽了。

我们来得太早，潮水要三点钟才到呢。到了一点半钟，我们才看见别人陆续上楼来。有的嫌座价贵，回了下去。有的望望江景，迟疑一下，坐下了。到了两点半钟，楼上的座位已满，嘈杂异常，非复吃面时可比了。我们的座位幸而在窗口，背着嘈杂面江而坐，仿佛身在泾渭界上，另有一种感觉。三点钟快到，楼上已无立锥之地。后来者无座位，不吃茶，亦不出钱。我们的背后挤了许多人。回头一看，只见观者如堵。有男有女，有老有少，更有被抱着的孩子。有的坐在桌上，有的立在凳上，有的竟立在桌上。他们所看的，是照旧的一条钱塘江。久之，久之，眼睛看得酸了，腿站得痛了，潮水还是不来。大家倦起来，有的垂头，有的坐下。忽然人丛中一个尖锐的呼声："来了！来了！"大家立刻把脖子伸长，但钱塘江还是照旧。原来是一个母亲因为孩子挤得哭了，在那里哄他。

江水真是太无情了。大家越是引颈等候，它的架子越是十足。这仿佛有的火车站里的卖票人，又仿佛有的邮政局里收挂号信的，窗栏外许多人等候他，他只管悠然地吸烟。

三点二十分光景，潮水真个来了！楼内的人万头攒动，像运动会中决胜点旁的观者。我也除去墨镜，向江口注视。但见一条同桌上的香烟一样粗细的白线，从江口慢慢向这方面延长来。延了好久，达到西兴方面，白线就模糊了。再过了好久，楼前的江水渐渐地涨起来。浸没了码头的脚。楼下的江岸上略起些波浪，有时打动了一块石头，

---

1 当时角币有大洋小洋之分，一块钱相当于小洋的二十角。

有时淹没了一条沙堤。以后浪就平静起来，水也就渐渐退却。看潮就看好了。楼中的人，好像已经获得了什么，各自纷纷散去。我同我亲友也想带了孩子们下楼，但一个小孩子不肯走，惊异地责问我："还要看潮哩！"大家笑着告诉他："潮水已经看过了！"他不信，几乎哭了。多方劝慰，方才收泪下楼。

我实在十分同情于这小孩子的话。我当离座时，也有"还要看潮哩！"似的感觉。似觉今天的目的尚未达到。我从未为看潮而看潮。今天特地为看潮而来，不意所见的潮如此而已，真觉大失所望。但又疑心自己的感觉不对。若果潮不足观，何以茶楼之中，江岸之上，观者动万，归途阻塞呢？以问我的亲友，一人云："我们这些人不是为看潮来的，都是为潮神贺生辰来的呀！"这话有理，原来我们都是被"八月十八"这空名所召集的。怪不得潮水毫没看头。回想我在茶楼中所见，除旧有的一片江景外毫无可述的美景。只有一种光景不能忘却：当波浪淹没沙堤时，有一群人正站在沙堤上看潮。浪来时，大家仓皇奔回，半身浸入水中，举手大哭，幸有大人转身去救，未遭没顶。这光景大类一幅水灾图。看了这图，使人想起最近黄河长江流域各处的水灾，败兴而归。

在格致中学高中三年级肄业的新枚患了不很重的肺病，遵医嘱停学在家疗养。生活寂寞，自己发心乘此机会读些诗词，我就做了他的教师，替他讲解《唐诗三百首》和《白香词谱》，每星期一二次。暮春有一天，我教他读姜白石的《扬州慢》：

　　淮左名都，竹西佳处，解鞍少驻初程。过春风十里，尽荠麦青青。自胡马窥江去后，废池乔木，犹厌言兵。渐黄昏，清角吹寒，都在空城。

　　杜郎俊赏，算而今，重到须惊。纵豆蔻词工，青楼梦好，难赋深情。二十四桥仍在，波心荡冷月无声。念桥边红药，年年知为谁生。

这孩子兴味在于词律，一味讲究平平仄仄。我却怀古多情，神游于古代的淮扬胜地，缅想当年烟花三月，十里春风之盛。念到"二十四桥仍在"，我忽然发心游览久闻大名而无缘拜识的扬州，立刻收拾《白香词谱》，叫他到八仙桥去买明天到镇江的火车票，傍晚他拿了三张火车票回来。同去的是他和他的姐姐一吟。当夜各自准备行囊。

第二天下午，一行三人到达镇江。我们在镇江投宿，下午游览了焦山寺，认识了镇江的市容。下一天上午在江边搭轮船，渡江换乘公共汽车，不消两小时已经到达扬州。向车站里的人问询，他们介绍我们一所新开的公园旅馆。我们乘车投奔这旅馆，果然看见一所新造房子，里面的家具和被褥都是新的。盥洗既毕，斟一杯茶，坐下来休息一下。定神一想：现在我身已在扬州，然而我在一路上所见和在旅馆中所感，全然没有一点古色，但觉这是一个精小的近代都市，清静整洁，男女老幼熙攘往来，怡然操作，悉如他处，其中并无李白、张祜、杜牧、郑板桥、金冬心之类的面影。旅馆的招待员介绍我们到富春去吃中饭。富春是扬州有名的茶点酒菜馆，深藏在巷子里，而入门豁然开朗，范围甚广。点心和肴馔都极精美，虽然大都是荤的，我只能用眼睛来欣赏，但素菜也做得很好，别有风味。我觉得扬州只是一个小上海、小杭州，并无特殊之处。这在我似乎觉得有些失望，我决定下午去访大名鼎鼎的二十四桥。我预期这二十四桥能够满足我的怀古欲。

到大街上雇车子，说"到二十四桥"。然而年轻的驾车人都不知道，摇摇头。有一个年纪较大的人表示知道，然而他忠告我们："这地方很远，而且很荒凉，你们去做什么？"我不好说"去凭吊"，只得撒一个谎，说"去看朋友"。那人笑着说："那边不大有人家呢！"我很狼狈，支吾地回答："不瞒你说，我们就想看看那个桥。"驾车的人都笑起来。这时候旁边的铺子里走出一位老者来，笑着对驾车人说："你们拉他们去吧，在西门外，他们是来看看这小桥的。"又转向我说："这条桥从前很有名，可是现在荒凉了，附近没有什么东西。"我料想这位老者是读过唐诗，知道"二十四桥明月夜"的。他的笑容很特别，隐隐地表示着："这些傻瓜！"

车子走了半小时以上，方才停息在田野中间跨在一条沟渠似的小河上的一片小桥边。驾车人说："到了，这是二十四桥。"我们下车，大家表示大失所望的样子，除了"啊哟！"以外没有别的话。一吟就拿出照相机来准备摄影。驾车的人看见了，打着土白交谈："来照相的。""要修桥吧？""要开河吗？"我不辩解，我就冒充了工程师，倒是省事。驾车人到树荫下去休息吸烟了。我有些不放心：这小桥到底是否二十四桥。为欲考证确实，我跑到附近田野里一位正在工作的农人那里，向他叩问："同志，这是什么桥？"他回答说："二十四桥。"我还不放心，又跑到桥旁一间小屋子门口，望见里面一位白头老婆婆坐着做针线，我又问："请问老婆婆，这是什么桥？"老婆婆干脆地说："廿四桥。"这才放心，我们就替二十四桥拍照。桥下水涸，最狭处不过七八尺，新枚跨了过去，嘴里念着"波心荡冷月无声"，大家不觉失笑。

车子背着夕阳回城去的时候，我耽于冥想了。我首先想到李白"烟花三月下扬州"的名句，觉得正是这个时候。接着想起杜牧的诗："青山隐隐水迢迢，秋尽江南草未凋。二十四桥明月夜，玉人何处教吹箫？""落魄江湖载酒行，楚腰纤细掌中轻。十年一觉扬州梦，赢得青楼薄幸名。""娉娉袅袅十三余，豆蔻梢头二月初。春风十里扬州路，卷上珠帘总不如。"又想起徐凝的诗句："天下三分明月夜，二分无赖是扬州。"又想起王建的诗词："夜市千灯照碧云，高楼红袖客纷纷。"

又想起张祜的诗："十里长街市井连，月明桥上看神仙。人生只合扬州死，禅智山光好墓田。"我在吟哦之下，梦见唐朝时候扬州的繁华。我又想起清人所作的《扬州画舫录》，这书中记述着乾隆年间扬州的繁盛景象，十分详尽。我又记起清朝的所谓"扬州八怪"，想象郑板桥、金冬心、罗聘、李方膺、汪士慎、高翔、黄慎、李鱓等潇洒不羁的文人画家寓居扬州时的风流韵事，最后想到描写清兵屠城的《扬州十日记》，打一个寒噤，不再想下去了。

回到旅馆里，询问账房先生，知道扬州有素菜馆。我们就去吃夜饭。这素菜馆名叫小觉林，位在电影院对面。我们在一个小楼上占据了一个雅座。一吟和新枚吃饱了饭，到对面看电影去了。我在小楼中独酌，凭窗闲眺，"十里长街""夜市千灯"，却全无一点古风。只见许多穿人民装的男男女女，熙攘往来，怡然共乐，比较起上海的市街来，特别富有节日的欢乐气象。这是什么缘故呢？我想了好久，恍然大悟：原来扬州市内晚上没有汽车，马路上很安全，所有的行人都在马路中央幢幢往来，和上海节日电车停驶时的光景相似，所以在我看来特别富有欢乐的气象。我一方面觉得高兴，一方面略感失望。因为我抱着怀古之情而到这淮左名都来巡礼，所见的却是一个普通的现代化城市。

晚餐后我独自在街上徜徉了一会儿，回到旅馆已经九点多钟。舟车劳顿，观感纷忙，心身略觉疲倦，倒身在床，立刻睡去。忽然听见有人敲门。拭目起床，披衣开门，但见一个端庄而壮健的中年妇人站在门口，满面笑容，打起道地扬州白说："扰你清梦，非常抱歉！"我说："请进来坐，请教贵姓大名。"她从容地走进房间来，在桌子旁边坐下，侃侃而言："我姓扬名州，号广陵，字邗江，别号江都，是本地人氏。知道你老人家特地来访问我，所以前来答拜。我今天曾经到火车站迎接你，又陪伴你赴二十四桥，陪伴你上酒楼，不过没有让你察觉，你的一言一动，一思一想，我都知道。我觉得你对我有些误解，所以特地来向你表白。你不远千里而枉驾惠临，想必乐于听取我的自述吧？"我说："久慕大名，极愿领教！"她从容地自述如下：

"你憧憬于唐朝时代、清朝时代的我，神往于'烟花三月''十里春风'的'繁华'景象，企慕'扬州八怪'的'风流韵事'，认为这些是我过去的光荣幸福，你完全误解了！我老实告诉你：在一九四九年以前，一千多年的长时期间，我不断地被人虐待，受尽折磨，备尝苦楚，经常是身患痼疾，体无完肤，畸形发育，半身不遂；古人所赞美我的，都是虚伪的幸福、耻辱的光荣、忍痛的欢笑、病态的繁荣。你却信以为真，心悦神往地吟赏他们的诗句，真心诚意地想象古昔的盛况，不远千里地跑来凭吊过去的遗迹，不堪回首地痛惜往事的飘零。你真大上其当了！我告诉你：过去千余年间，我吃尽苦头。他们压迫我，毒害我，用残酷的手段把我周身的血液集中在我的脸面上，又给我涂上脂粉，加上装饰，使得我面子上绚焕灿烂，富丽堂皇，而内部和别的部分百病丛生，残废瘫痪，贫血折骨，臃肿腐烂。你该知道：士大夫们在二十四桥明月下听玉人吹箫，在明桥上看神仙，干风流韵事，其代价是我全身的多少血汗！

"我忍受苦楚，直到一九四九年方才翻身。人民解除了我的桎梏，医治我的创伤，疗养我的疾病，替我沐浴，给我营养，使我全身正常发育，恢复健康。我有生以来不曾有过这样快乐的生活，这才是我的真正的光荣幸福！你在酒楼上看见我富有节日的欢乐气象，的确，七八年来我天天在过节日似的欢乐生活，所以现在我的身体这么壮健，精神这么愉快，生活这么幸福！你以前没有和我会面，没有看到过我的不幸时代，你也是幸福的人！欢迎你多留几天，我们多多叙晤，你会更了解我的光荣幸福，欢喜满足地回上海去，这才不负你此行的跋涉之劳呢！时候不早，你该休息了。我来扰你清梦，很对不起！"她说着就站起身来告辞。

我听了她的一番话，恍然大悟，正想慰问她，感谢她，她已经夺门而出，回头对我说一声"明天会！"就在门外消失了。

我走出门去送她，不料在门槛上绊了一下，跌了一跤，猛然醒悟，原来身在旅馆里的簇新的床铺上簇新的被窝里！啊，原来是一个"扬州梦"！这梦比元人乔梦符的《扬州梦》和清人嵇留山的《扬州梦》有意思得多，不可以不记。

秋天的云，大都是一朵一朵地分散而疏密无定的。
这颇像胡桃云片上的模样。故我每吃胡桃云片便想起秋天，
每逢秋天便想吃胡桃云片。

家

廿六 (1937) 年冬，我仓皇弃家，徒手出奔。所有图书器物，与缘缘堂同归于尽。卅五 (1946) 年秋胜利还乡，凭吊故居，但见一片草原，上有野生树木高数丈矣。忽有乡亲持一箱来，曰：此缘缘堂被毁前夕代为冒险抢出者，今以归还物主。启视之，书籍，函牍，书稿，文稿，乱杂残缺，半属废物；惟中有原稿一篇题名为"家"者依然完好。读之，十年前事，憬然在目。稿末无年月；但料是"八一三"左右所作，未及发表，委弃于堂中者。此虎口余生，亦足珍惜。遂为加序，付杂志发表。卅六 (1947) 年六月十日记。

从南京的朋友家里回到南京的旅馆里，又从南京的旅馆里回到杭州的别寓里，又从杭州的别寓里回到石门湾的缘缘堂本宅里，每次起一种感想，逐记如下。

当在南京的朋友家里的时候，我很高兴。因为主人是我的老朋友。我们在少年时代曾经共数晨夕。后来为生活而劳燕分飞，虽然大家形骸老了些，心情冷了些，态度板了些，说话空了些，然而心的底里的一点灵火大家还保存着，常在谈话之中互相露示。这使得我们的会晤异常亲热。加之主人的物质生活程度的高低同我的相仿佛，家庭设备也同我的相类似。我平日所需要的：一毛大洋一两的茶叶，听头的大美丽香烟，有人供给开水的热水壶，随手可取的牙签，适体的藤椅，光度恰好的小窗，他家里都有，使我坐在他的书房里感觉同坐在自己的书房里相似。加之他的夫人善于招待，对于客人表示真诚的殷勤，而绝无优待的虐待。优待的虐待，是我在做客中常常受到而顶顶可怕的。例如拿了不到半寸长的火柴来为我点香烟，弄得大家仓皇失措，我的胡须几被烧去；把我所不欢喜吃的菜蔬堆在我的饭碗上，使我无法下箸；强夺我的饭碗去添饭，使我吃得停食；藏过我的行囊，使我不得告辞。这种招待，即使出于诚意，在我认为是逐客令，统称之为优待的虐待。这回我所住的人家的夫人，全无此种恶习，但把不缺乏的香烟自来火放在你能自由取得的地方而并不用自来火烧你的胡须；但把精致的菜蔬摆在你能自由夹取的地方，饭桶摆在你能自由添取的地方，而并不勉强你吃；但在你告辞的时光表示诚意的挽留，而并不监禁。这在我认为是最诚意的优待。这使得我非常高兴。英语称勿客气曰 at home[1]。我在这主人家里做客，真同 at home 一样。所以非常高兴。

　　然而这究竟不是我的 home，饭后谈了一会儿，我惦记起我的旅馆来。我在旅馆，可以自由行住坐卧，可以自由差使我的茶房，可以凭法币之力而自由满足我的要求。比较起受主人家款待的做客生活

1 原义是"在自己家里"，转义是"像在家里一样""无拘无束""舒适自在"。

来，究竟更为自由。我在旅馆要住四五天，比较起一饭就告别的做客生活来，究竟更为永久。因此，主人的书房的屋里虽然布置妥帖，主人的招待虽然殷勤周至，但在我总觉得不安心。所谓"凉亭虽好，不是久居之所"。饭后谈了一会儿，我就告别回家。这所谓"家"，就是我的旅馆。

当我从朋友家回到了旅馆里的时候，觉得很适意。因为这旅馆在各点上是称我心的。第一，它的价钱还便宜，没有大规模的笨相，像形式丑恶而不适坐卧的红木椅，花样难看而火气十足的铜床，工本浩大而不合实用、不堪入目的工艺品，我统称之为大规模的笨相。造出这种笨相来的人，头脑和眼光很短小，而法币很多。像暴发的富翁，无知的巨商，升官发财的军阀，即是其例。要看这种笨相，可以访问他们的家。我的旅馆价既便宜，其设备当然不丰。即使也有笨相——像家具形式的丑恶，房间布置的不妥，壁上装饰的唐突，茶壶茶杯的不可爱——都是小规模的笨相，比较起大规模的笨相来，犹似五十步比百步，终究差好些，至少不使人感觉暴殄天物，冤哉枉也。第二，我的茶房很老实，我回旅馆时不给我脱外衣，我洗面时不给我绞手巾，我吸香烟时不给我擦自来火，我叫他做事时不喊"是——是——"，这使我觉得很自由，起居生活同在家里相差不多。因为我家里也有这么老实的一位男工，我就不妨把茶房当作自己的工人。第三，住在旅馆里没有人招待，一切行动都随我意。出门不必对人鞠躬说"再会"，归来也没有人同我寒暄。早晨起来不必向人道"早安"，晚上就寝的迟早也不受别人的牵累。在朋友家做客，虽然也很安乐，总不及住旅馆的自由：看见他家里的人，总得想出几句话来说说，不好不去睬他。脸孔上即使不必硬作笑容，也总要装得和悦一点，不好对他们板脸孔。板脸孔，好像是一种凶相。但我觉得是最自在最舒服的一种表情。我自己觉得，平日独自闭居在家里的房间里读书、写作的时候，脸孔的表情总是严肃的，极难得有独笑或独乐的时光。若拿这种独居时的表情移用在交际应酬的座上，别人一定当我有所不快，在板脸孔。据我推想，这一定不止我一人如此。最漂亮的交际家，巧言令色之徒，回到自己家里，或房间里，甚或眠床里，也许要用双手揉一揉脸孔，恢复颜面上的表情筋肉的疲劳，然后板着脸孔皱着眉头回想日间的事，考虑明日的战略。可知无论何人，交际应酬中的脸孔多少总有些不自然，其表情筋肉多少总有些儿吃力。最自然、最舒服的，只有板着脸孔独居的时候。所以，我在孤癖发作的时候，觉得住旅馆比在朋友家做客更自在而舒服。

然而，旅馆究竟不是我的家，住了几天，我惦记起我杭州的别寓来。

在那里有我自己的什用器物，有我自己的书籍文具，还有我自己雇请着的工人。比较起借用旅馆的器物，对付旅馆的茶房来，究竟更为自由；比较起小住四五天就离去的旅馆生活来，究竟更为永久。因此，我睡在旅馆的眠床上似觉有些浮动；坐在旅馆的椅子上似觉有些不稳；用旅馆的毛巾似觉有些隔膜。虽然这房间的主权完全属我，我的心底里总有些儿不安。住了四五天，我就算账回家。这所谓家，就是我的别寓。

当我从南京的旅馆回到了杭州的别寓里的时候，觉得很自在。我年来在故乡的家里蛰居太久，环境看得厌了，趣味枯乏，心情郁结。就到离家乡还近而花样较多的杭州来暂作一下寓公，借此改换环境，调节趣味。趣味，在我是生活上一种重要的养料，其重要几近于面包。别人都在为了获得面包而牺牲趣味，或者为了堆积法币而抑制趣味。我现在幸而没有走上这两种行径，还可省下半只面包来换得一点趣味。

因此，这寓所犹似我的第二的家。在这里没有做客时的拘束，也没有住旅馆时的不安心。我可以吩咐我的工人做点我所喜欢的家常素菜，夜饭时同放学归来的一子一女共吃。我可以叫我的工人相帮我，把房间的布置改过一下，新一新气象。饭后睡前，我可以开一开蓄音机（唱机），听听新买来的几张蓄音片（唱片）。窗前灯下，我可以在自己的书桌上读我所爱读的书，写我所愿写的稿。月底虽然也要付房钱，但价目远不似旅馆这么贵，买卖式远不及旅馆这么明显。虽然也可以合算每天房钱几角几分。但因每月一付，相隔时间太长，住房子同付房钱就好像不相联关的两件事，或者房钱仿佛白付，而房子仿佛白住。因有此种种情形，我从旅馆回到寓中觉得非常自然。

然而，寓所究竟不是我的本宅。每逢起了倦游的心情的时候，我便惦记起故乡的缘缘堂来。在那里有我故乡的环境，有我关切的亲友，有我自己的房子，有我自己的书斋，有我手种的芭蕉、樱桃和葡萄。比较起租别人的房子，使用简单的器具来，究竟更为自由；比较起暂作借住，随时可以解租的公寓生活来，究竟更为永久。我在寓中每逢要在房屋上略加装修，就觉得要考虑；每逢要在庭中种些植物，也觉得不安心，因而思念起故乡的家来。牺牲这些装修和植物，倒还在其次；能否长久享用这些设备，却是我所顾虑的。我睡在寓中的床上虽然没有感觉像旅馆里那样浮动，坐在寓中的椅上虽然没有感觉像旅馆里那样不稳，但觉得这些家具在寓中只是摆在地板上的，没有像家里的东西那样固定得同生根一般。这种倦游的心情强盛起来，我就离寓返家。这所谓家，才是我的本宅。

当我从别寓回到了本宅的时候，觉得很安心。主人回来了，芭蕉鞠躬，樱桃点头，葡萄棚上特地飘下几张叶子来表示欢迎。两个小儿女跑来牵我的衣，老仆忙着打扫房间。老妻忙着烧素菜，故乡的臭豆腐干，故乡的冬菜，故乡的红米饭。窗外有故乡的天空，门外有打着石门湾土白的行人，这些行人差不多个个是认识的。还有各种负贩的叫卖声，这些叫卖声在我统统是稔熟的。我仿佛从飘摇的舟中登上了陆，如今脚踏实地了。这里是我的最自由、最永久的本宅，我的归宿之处，我的家。我从寓中回到家中，觉得非常安心。

但到了夜深人静，我躺在床上回味上述的种种感想的时候，又不安心起来。我觉得这里仍不是我的真的本宅，仍不是我的真的归宿之处，仍不是我的真的家。四大的暂时结合而形成我这身体，无始以来种种因缘相凑合而使我诞生在这地方。偶然的呢？还是非偶然的？若是偶然的，我又何恋恋于这虚幻的身和地？若是非偶然的，谁是造物主呢？我须得寻着了他，向他那里去找求我的真的本宅，真的归宿之处，真的家。这样一想，我现在是负着四大暂时结合的躯壳，而在无始以来种种因缘凑合而成的地方暂住，我是无"家"可归的。既然无"家"可归，就不妨到处为"家"。上述的屡次的不安心，都是我的妄念所生。想到那里，我很安心地睡着了。

闲居 [1]

　　闲居，在生活上人都说是不幸的，但在情趣上我觉得是最快适的了。假如国民政府新定一条法律："闲居必须整天禁锢在自己的房间里"，我也不愿出去干事，宁可闲居而被禁锢。

　　在房间里很可以自由取乐，如果把房间当作一幅画看的时候，其布置就如画的"置陈"了。譬如书房，主人的座位为全局的主眼，犹之一幅画中的 middle point（中心点），须居全幅中最重要的地位。其他自书架、几、椅、藤床、火炉、壁饰、自鸣钟，以至痰盂、纸篓等，各以主眼为中心而布置，使全局的焦点集中于主人的座位，犹之画中的附属物、背景，均须有护卫主物，显衬主物的作用。这样妥帖之后，人在里面，精神自然安定、集中，而快适。这是谁都懂得，谁都可以自由取乐的事。虽然有的人不讲究自己的房间的布置，然走进一间布

1 原载一九二七年七月十日《小说月报》第十八卷七号。

置很妥帖的房间，一定谁也觉得快适。这可见人都会鉴赏，鉴赏就是被动的创作，故可说这是谁也懂得，谁也可以自由取乐的事。

我在贫乏而粗末的自己的书房里，常常欢喜做这个玩意儿。把几件粗陋的家具搬来搬去，一月中总要搬数回。搬到痰盂不能移动一寸，脸盆架子不能旋转一度的时候，便有很妥帖的位置出现了。那时候我自己坐在主眼的座上，环视上下四周，君临一切。觉得一切都朝宗于我，一切都为我尽其职司，如百官之朝天，众星之拱北辰。就是墙上一只很小的钉，望去也似乎居相当的位置，对全体为有机的一员，对我尽专任的职司。我统御这个天下，想象南面王的气概，得到几天的快适。

有一次我闲居在自己的房间里，曾经对自鸣钟寻了一回开心。自鸣钟这个东西，在都会里差不多可说是无处不有，无人不备的了。然而它这张脸皮，我看惯了真讨厌得很。罗马字的还算好看；我房间里的一只，又是粗大的数学码子的。数学的九个字，我见了最头痛，谁愿意每天做数学呢！有一天，大概是闲月中的闲日，我就从墙壁上请它下来，拿油画颜料把它的脸皮涂成天蓝色，在上面画几根绿的杨柳枝，又用硬的黑纸剪成两只飞燕，用糨糊粘在两只针的尖头上。这样一来，就变成了两只燕子飞逐在杨柳中间的一幅圆额的油画了。凡在三点二十几分、八点三十几分等时候，画的构图就非常妥帖，因为两只飞燕适在全幅中稍偏的位置，而且追随在一块儿，画面就保住均衡了。辨识时间，没有数目字也是很容易的：针向上垂直为十二时，向下垂直为六时，向左水平为九时，向右水平为三时。这就是把圆周分为四个 quarter（一刻钟），是肉眼也很容易办到的事。一个 quarter 里面平分为三格，就得长针五分钟的距离了，这不十分容易正确，然相差至多不过一两分钟，只要不是天文台、电报局或火车站里，人家家里上下一两分钟本来是不要紧的。倘眼睛锐利一点，看惯之后，其实半分钟也是可以分明辨出的。这自鸣钟现在还挂在我的房间里，虽然惯用之后不甚新颖，然终不觉得讨厌，因为它在壁上不是显明的实用的一只自鸣钟，而可以冒充一幅油画。

除了空间以外，闲居的时候我又欢喜把一天的生活的情调来比方音乐。如果把一天的生活当作一个乐曲，其经过就像乐章（movement）的移行了。一天的早晨，晴雨如何？冷暖如何？人事的情形如何？犹之第一乐章的开始，先已奏出全曲的根柢的"主题"（theme）。一天的生活，例如事务的纷忙，意外的发生，祸福的临门，犹如曲中的长音阶变为短音阶的，C调变为F调，adagio（柔板）变为 allegro（快板），其或昼永人闲，平安无事，那就像始终C调的 andante（行板）的长大的乐章了。以气候而论，春日是孟檀尔伸（Mendelsson），夏日是裴德芬（Beethoven），秋日是晓邦（Chopin）、修芒（Schumann），冬日是修斐尔德（Schubert）。[1] 这也是谁也可以感到，谁也可以懂得的事。试看无论什么机关里，团体里，做无论什么事务的人，在阴雨的天气，办事一定不及在晴天的起劲、高兴、积极。如果有不论天气，天天照常办事的人，这一定不是人，是一架机器。只要看挑到我们后门头来卖臭豆腐干的江北人，近来秋雨连日，他的叫声自然懒洋洋地低钝起来，远不如一月以前的炎阳下的"臭豆腐干！"的热辣了。

---

1 这五个人分别是门德尔松、贝多芬、肖邦、舒曼、舒伯特。

　　胜利快来到了。逃难的辛劳渐渐忘却了。我辞去教职，恢复了战前的闲居生活。住在重庆郊外的沙坪坝庙湾特五号自造的抗建式小屋中的数年间，晚酌是每日的一件乐事，是白天笔耕的一种慰劳。

　　我不喜吃白酒，味近白酒的白兰地，我也不要吃。巴拿马赛会得奖的贵州茅台酒，我也不要吃。总之，凡白酒之类的，含有多量酒精的酒，我都不要吃。所以我逃难中住在广西贵州的几年，差不多戒酒。因为广西的山花，贵州的茅台，均含有多量酒精，无论本地人说得怎样好，我都不要吃。

　　自从由贵州茅台酒的产地遵义迁居到重庆沙坪坝，我开始恢复晚酌，酌的是"渝酒"，即重庆人仿造的黄酒。

　　富有风趣的一位朋友讥笑我说："你不吃白酒，而爱吃黄酒，我知道你的意思了，吃白酒是不出钱的，揩别人的油。你不用人间造孽钱，笔耕墨稼，自食其力，所以讨厌'白酒'两字。黄酒是你们故乡的特产，你身审异地，心念故乡，所以爱吃黄酒。对不对？"我说："其然，岂其然欤？"这朋友的话颇有诗意，然而并没有猜中我不爱白酒爱黄酒的原因。揩别人的油，原是我所不欲的；然而吃酒揩油，我觉得比其他的揩油好些。古人诗云："三杯不记主人谁。"吃酒是兴味的，是无条件的，是艺术的。既然共饮，就不必斤斤计较酒的所有权；各情去留，反而煞风景，反而有伤生活的诗趣。我倒并不绝对不吃"白酒"（不出钱的酒）。至于为了怀乡而吃黄酒，也大可不必。我住在大后方各省各地的时候，天天嘴上所说的是家乡土白。若要怀乡，这已尽够，不必再用吃黄酒来表示了。

我所以不喜白酒而喜黄酒，原因很简单：就为了白酒容易醉，而黄酒不易醉。"吃酒图醉，放债图利"，这种功利的吃酒，实在不合于吃酒的本旨。吃饭，吃药，是功利的。吃饭求饱，吃药求愈，是对的。但吃酒这件事，性状就完全不同。吃酒是为兴味，为享乐，不是求其速醉。譬如二三人情投意合，促膝谈心，倘添上各人一杯黄酒在手，话兴一定更浓。吃到三杯，心窗洞开，真情挚语，娓娓而来。古人所谓"酒三昧"，即在于此。但决不可吃醉，醉了，胡言乱语，诽谤唾骂，甚至呕吐，打架。那真是不会吃酒，违背吃酒的本旨了。所以吃酒绝不是图醉。所以容易醉人的酒绝不是好酒。巴拿马赛会的评判员倘换了我，一定把一等奖给绍兴黄酒。

沙坪的酒，当然远不及杭州上海的绍兴酒。然而"使人醺醺而不醉"，这重要条件是具足了的。人家都讲究好酒，我却不大关心。有的朋友把从上海坐飞机来的真正"陈绍"送我。其酒固然比沙坪的酒气味清香些，上口舒适些；但其效果也不过是"醺醺而不醉"。在抗战期间，请绍酒坐飞机，与请洋狗坐飞机有相似的意义。这意义所给人的不快，早已抵消了其气味的清香与上口的舒适了。我与其吃这种绍酒，宁愿吃沙坪的渝酒。

"醉翁之意不在酒"，这真是善于吃酒的人说的至理名言。我抗战期间在沙坪小屋中的晚酌，正是"意不在酒"。我借饮酒作为一天的慰劳，又作为家庭聚会的助兴品。在我看来，晚餐是一天的大团圆。我的工作完毕了；读书的、办公的孩子们都回来了；家离市远，访客不再光临了；下文是休息和睡眠，时间尽可从容了。若是这大团圆的晚餐只有饭菜而没有酒，则不能延长时间，匆匆地把肚皮吃饱就散场，未免太功利的，太少兴趣。况且我的吃饭，从小养成一种快速习惯，要慢也慢不来。有的朋友吃一餐饭能消磨一两小时，我不相信他们如何吃法。在我，吃一餐饭至多只花十分钟。这是我小时从李叔同先生学钢琴时养成的习惯。那时我在师范学校读书，只有吃午饭后到一点钟上课的时间，和吃夜饭后到七点钟上自修的时间，是教弹琴的时间。我十二点吃午饭，十二点一刻须得到弹琴室；六点钟吃夜饭，六点一刻须得到弹琴室。吃饭，洗碗，洗面，都要在十五分钟内了结。这样的数年，使我养成了快吃的习惯。后来虽无快吃的必要，但我仍是非快不可。这就好比反刍类的牛，野生时代因为怕狮虎侵害而匆匆地把草吞入胃内，急忙回到洞内，再吐出来细细地咀嚼，养成了反刍的习惯；做了家畜以后，虽无快吃的必要，但它仍是要反刍。如果有人劝我慢慢吃，在我是一件苦事。因为慢吃违背了惯性，很不自然，很不舒服。一天的大团圆的晚餐，倘使我以十分钟了事，岂不太草草了？所以我的晚酌，意不在酒，是要借饮酒来延长晚餐的时间，增加晚餐的兴味。

沙坪的晚酌，回想起来颇有兴味。那时我的儿女五人，正在大学或专科或高中求学，晚上回家，报告学校的事情，讨论学业的问题。他们的身体在我的晚酌中渐渐地高大起来。我在晚酌中看他们升级，看他们毕业，看他们任职。就差一个没有看他们结婚。在晚酌中看成群的儿女长大成人，照一般的人生观说来是"福气"，照我的人生观说来只是"兴味"。这好比饮酒赏春，眼看花草树木，欣欣向荣；自然的美，造物的用意，神的恩宠，我在晚酌中历历地感到了。陶渊明诗云："试酌百情远，重觞忽忘天。"我在晚酌三杯以后，便能体会这两句诗的真味。我曾改古人诗云："满眼儿孙身外事，闲将美酒对银灯。"因为沙坪小屋的电灯特别明亮。

还有一种兴味，却是千载一遇的：我在沙坪小屋的晚酌中，眼看抗战局势的好转。我们白天各自看报，晚餐桌上大家报告讨论。我在晚酌中眼看东京的大轰炸，莫索里尼（墨索里尼）的被杀，德国的败亡，独山的收复，直到波士坦（波茨坦）宣言的发出，八月十日夜日本的无条件投降。我的酒味越吃越美。我的酒量越吃越大，从每晚八两增加到一斤。大家说我们的胜利是有史以来的一大奇迹。我更觉得奇怪。我的胜利的欢喜，是在沙坪小屋晚上吃酒吃出来的！所以我确认，世间的美酒，无过于沙坪坝的四川人仿造的渝酒。我有生以来，从未吃过那样的美酒。即如现在，我已"胜利复员，荣归故乡"，故乡的真正陈绍，比沙坪坝的渝酒好到不可比拟。我也照旧每天晚酌；然而味道远不及沙坪坝的渝酒。因为晚酌的下酒物，不是物价狂涨，便是盗贼蜂起；不是贪污舞弊，便是横暴压迫！沙坪小屋中的晚酌的那种兴味，现在了不可得了！唉，我很想回重庆去，再到沙坪小屋里去吃那种美酒。

湖畔夜饮

　　前天晚上，四位来西湖游春的朋友，在我的湖畔小屋里饮酒。酒阑人散，皓月当空。湖水如镜，花影满堤。我送客出门，舍不得这湖上的春月，也向湖畔散步去了。

　　柳荫下一条石凳，空着等我去坐。我就坐了，想起小时在学校里唱的春月歌："春夜有明月，都作欢喜相。每当灯火中，团团清辉上。人月交相庆，花月并生光。有酒不得饮，举杯献高堂。"觉得这歌词温柔敦厚，可爱得很！又念现在的小学生，唱的歌粗浅俚鄙，没有福分唱这样的好歌，可惜得很！回味那歌的最后两句，觉得我高堂俱亡，虽有美酒，无处可献，又感伤得很！三个"得很"逼得我立起身来，缓步回家。不然，恐怕把老泪掉在湖堤上，要被月魄花灵所笑了。

　　回进家门，家中人说，我送客出门之后，有一上海客人来访，其人名叫CT[1]，住在葛岭饭店。家中人告诉他，我在湖畔看月，他就向

1　指郑振铎。

湖畔去找我了。

这是半小时以前的事，此刻时钟已指十时半。我想，CT 找我不到，一定已经回旅馆去歇息了。当夜我就不去找他，管自睡觉了。第二天早晨，我到葛岭饭店去找他，他已经出门，茶役正在打扫他的房间。我留了一张名片，请他正午或晚上来我家共饮。正午，他没有来。晚上，他又没有来。料想他这上海人难得到杭州来，一见西湖，就整日寻花问柳，不回旅馆，没有看见我留在旅馆里的名片。我就独酌，照例倾尽一斤。

黄昏八点钟，我正在酩酊之余，CT 来了。阔别十年，身经浩劫，他反而胖了，反而年轻了。他说我也还是老样子，不过头发白些。"十年离乱后，长大一相逢。问姓惊初见，称名忆旧容。"这诗句虽好，我们可以不唱。略略几句寒暄之后，我问他吃夜饭没有。他说，他是在湖滨吃了夜饭，——也饮一斤酒，——不回旅馆，一直来看我的。我留在他旅馆里的名片，他根本没有看到。

我肚里的一斤酒，在这位青年时代共我在上海豪饮的老朋友面前，立刻消解得干干净净，清清醒醒。我说："我们再吃酒！"他说："好，不要什么菜蔬。"窗外有些微雨，月色朦胧。西湖不像昨夜的开颜发艳，却有另一种轻颦浅笑，温润静穆的姿态。昨夜宜于到湖边步月，今夜宜于在灯前和老友共饮。"夜雨剪春韭"，多么动人的诗句！可惜我没有家园，不曾种韭。即使我有园种韭，这晚上也不想去剪来和 CT 下酒。因为实际的韭菜，远不及诗中的韭菜好吃。照诗句实行，是多么愚笨的事呀！

女仆端了一壶酒和四只盆子出来，酱鸭、酱肉、皮蛋和花生米，放在收音机旁的方桌上。我和 CT 就对坐饮酒。收音机上面的墙上，正好贴着一首我写的，数学家苏步青的诗："草草杯盘共一欢，莫因柴米话辛酸。春风已绿门前草，且耐余寒放眼看。"有了这诗，酒味特别的好。我觉得世间最好的酒肴，莫如诗句。而数学家的诗句，滋味尤为纯正。因为我又觉得，别的事都可有专家，而诗不可有专家。因为作诗就是做人。人做得好的，诗也作得好。倘说作诗有专家，非专家不能作诗，就好比说做人有专家，非专家不能做人，岂不可笑？因此，有些"专家"的诗，我不爱读。因为他们往往爱用古典，蹈袭传统；咬文嚼字，卖弄玄虚；扭扭捏捏，装腔作势；甚至神经过敏，出神见鬼，而非专家的诗，倒是直直落落，明明白白，天真自然，纯正朴茂，可爱得很。樽前有了苏步青的诗，桌上酱鸭、酱肉、皮蛋和花生米，味同嚼蜡；唾弃不足惜了！

我和CT共饮，另外还有一种美味的酒肴！就是话旧。阔别十年，身经浩劫。他沦陷在孤岛上，我奔走于万山中。可惊可喜、可歌可泣的话，越谈越多。谈到酒酣耳热的时候，话声都变了呼号叫啸，把睡在隔壁房间里的人都惊醒。谈到二十余年前他在宝山路商务印书馆当编辑，我在江湾立达学园教课时的事，他要看看我的子女阿宝、软软和瞻瞻——《子恺漫画》里的三个主角，幼时他都见过的。瞻瞻现在叫作丰华瞻，正在北平北大研究院，我叫不到；阿宝和软软现在叫作丰陈宝和丰宁馨，已经大学毕业而在中学教课了，此刻正在厢房里和她们的弟妹们练习平剧（京剧）！我就喊她们来"参见"。CT用手在桌子旁边的地上比比，说："我在江湾看见你们时，只有这么高。"她们笑了，我们也笑了。这种笑的滋味，半甜半苦，半喜半悲。所谓"人生的滋味"，在这里可以浓烈地尝到。CT叫阿宝"大小姐"，叫软软"三小姐"。我说："《花生米不满足》

《瞻瞻新官人，软软新娘子，宝姐姐做媒人》《阿宝两只脚，凳子四只脚》等画，都是你从我的墙壁上揭去，制了锌板在《文学周报》上发表的。你这老前辈对她们小孩子又有什么客气？依旧叫'阿宝''软软'好了。"大家都笑。人生的滋味，在这里又浓烈地尝到了。我们默默地干了两杯。我见 CT 的豪饮，不减二十余年前。我回忆起了二十余年前的一件旧事，有一天，我在日升楼[1]前，遇见 CT。他拉住我的手说："子恺，我们吃西菜去。"我说"好的"。他就同我向西走，走到新世界对面的晋隆西菜馆楼上，点了两客公司菜，外加一瓶白兰地。吃完之后，仆欧[2]送账单来。CT 对我说："你身上有钱吗？"我说"有！"摸出一张五元钞票来，把账付了。于是一同下楼，各自回家——他回到闸北，我回到江湾。过了一天，CT 到江湾来看我，摸出一张拾元钞票来，说："前天要你付账，今天我还你。"我惊奇而又发笑，说："账回过算了，何必还我？更何必加倍还我呢？"我定要把拾元钞票塞进他的西装袋里去，他定要拒绝。坐在旁边的立达同事刘薰宇，就过来抢了这张钞票去，说："不要客气，拿到新江湾小店里去吃酒吧！"大家赞成。于是号召了七八个人，夏丏尊先生、匡互生、方光焘[3]都在内，到新江湾的小酒店里去吃酒。吃完这张拾元钞票时，大家都已烂醉了，此情此景，憬然在目。如今夏先生和匡互生均已作古，刘薰宇远在贵阳，方光焘不知又在何处。只有 CT 仍旧在这里和我共饮。这岂非人世难得之事！我们又浮两大白[4]。

---

1 当时上海一家有名的茶馆，位于南京路浙江路口。
2 英文 boy 的音译，意即侍者。
3 夏丏尊、匡互生、方光焘，都是作者在立达学园的同事，其中夏丏尊又是作者在浙江省立第一师范的老师，匡互生为立达学园创办人。
4 意即满饮两大杯。

夜阑饮散，春雨绵绵。我留 CT 宿在我家，他一定要回旅馆。我给他一把伞，看他的高大的身子在湖畔柳荫下的细雨中渐渐地消失了。我想："他明天不要拿两把伞来还我！"

塘栖

　　夏目漱石的小说《旅宿》(日文名《草枕》)中，有这样的一段文章：
"像火车那样足以代表二十世纪的文明的东西，恐怕没有了。把几百
个人装在同样的箱子里蓦然地拉走，毫不留情。被装进在箱子里的许
多人，必须大家用同样的速度奔向同一车站，同样地熏沐蒸汽的恩
泽。别人都说乘火车，我说是装进火车里。别人都说乘了火车走，我
说被火车搬运。像火车那样蔑视个性的东西是没有的了。……"

　　我翻译这篇小说时，一面非笑这位夏目先生的顽固，一面体谅他
的心情。在二十世纪中，这样重视个性，这样嫌恶物质文明的，恐怕
没有了。有之，还有一个我，我自己也怀着和他同样的心情呢。从我
乡石门湾到杭州，只要坐一小时轮船，乘一小时火车，就可到达。但
我常常坐客船，走运河，在塘栖过夜，走它两三天，到横河桥上岸，
再坐黄包车来到田家园的寓所。这寓所赛如我的"行宫"，有一男仆
经常照管着。我那时不务正业，全靠在家写作度日，虽不富裕，倒也

开销得过。

客船是我们水乡一带地方特有的一种船。水乡地方，河流四通八达。这环境娇养了人，三五里路也要坐船，不肯步行。客船最讲究，船内装备极好。分为船梢、船舱、船头三部分，都有板壁隔开。船梢是摇船人工作之所，烧饭也在这里。船舱是客人坐的，船头上安置什物。舱内设一榻、一小桌，两旁开玻璃窗，窗下都有坐板。那张小桌平时摆在船舱角里，三只短脚搁在坐板上，一只长脚落地。倘有四人共饮，三只短脚可接长来，四脚落地，放在船舱中央。此桌约有二尺见方，叉麻雀[1]也可以。舱内隔壁上都嵌着书画镜框，竟像一间小小的客堂。这种船真可称之为画船。这种画船雇用一天大约一元[2]。我家在附近各埠都有亲戚，往来常坐客船。因此船家把我们当作老主顾。但普通只雇一天，不在船中宿夜。只有我到杭州，才包它好几天。

吃过早饭，把被褥用品送进船内，从容开船。凭窗闲眺两岸景色，自得其乐。中午，船家送出酒饭来。傍晚到达塘栖，我就上岸去吃酒了。塘栖是一个镇，其特色是家家门前建着凉棚，不怕天雨。有一句话，叫作"塘栖镇上落雨，淋勿着"。"淋"与"轮"发音相似，所以凡事轮不着，就说"塘栖镇上落雨"。且说塘栖的酒店，有一特色，即酒菜种类多而分量少。几十只小盆子罗列着，有荤有素，有干有湿，有甜有咸，随顾客选择。真正吃酒的人，才能赏识这种酒家。若是壮士、莽汉，像樊哙、鲁智深之流，不宜上这种酒家。他们狼吞虎嚼起来，一盆酒菜不够一口。必须是所谓酒徒，才可请进来。酒徒吃酒，不在菜多，但求味美。呷一口花雕，嚼一片嫩笋，其味无

---

1 即玩麻将牌。

2 那时米价每石约二元半。

穷。这种人深得酒中三昧，所以称之为"徒"。迷于赌博的叫作赌徒，迷于吃酒的叫作酒徒。但爱酒毕竟和爱钱不同，故酒徒不宜与赌徒同列。和尚称为僧徒，与酒徒同列可也。我发了这许多议论，无非要表示我是个酒徒，故能赏识塘栖的酒家。我吃过一斤花雕，要酒家做碗素面，便醉饱了。算还了酒钞，便走出门，到淋勿着的塘栖街上去散步。塘栖枇杷是有名的。我买些白沙枇杷，回到船里，分些给船娘，然后自吃。

在船里吃枇杷是一件快适的事。吃枇杷要剥皮，要出核，把手弄脏，把桌子弄脏。吃好之后必须收拾桌子，洗手，实在麻烦。船里吃枇杷就没有这种麻烦。靠在船窗口吃，皮和核都丢在河里，吃好之后在河里洗手。坐船逢雨天，在别处是不快的，在塘栖却别有趣味。因为岸上淋勿着，绝不妨碍你上岸。况且有一种诗趣，使你想起古人的佳句："人人尽说江南好，游人只合江南老。春水碧于天，画船听雨眠。""闲梦江南梅熟日，夜船吹笛雨潇潇。"古人赞美江南，不是信口乱道，却是亲身体会才说出来的。江南佳丽地，塘栖水乡是代表之一。我谢绝了二十世纪的文明产物的火车，不惜工本地坐客船到杭州，实在并非顽固。知我者，其唯夏目漱石乎?

酒，应该说饮，或喝。然而我们南方人都叫吃。古诗中有"吃茶"，那么酒也不妨称吃。说起吃酒，我忘不了下述几种情境：

二十多岁时，我在日本结识了一个留学生，崇明人黄涵秋。此人爱吃酒，富有闲情逸致。我二人常常共饮。有一天风和日暖，我们乘小火车到江之岛去游玩。这岛临海的一面，有一片平地，芳草如茵，柳荫如盖，中间设着许多矮榻，榻上铺着红毡毯，和环境做成强烈的对比。我们两人踞坐一榻，就有束红带的女子来招待。"两瓶正宗，两个壶烧。"正宗是日本的黄酒，色香味都不亚于绍兴酒。壶烧是这里的名菜，日本名叫 tsuboyaki，是一种大螺蛳，名叫荣螺（sazae），约有拳头来大，壳上生许多刺，把刺修整一下，可以摆平，像三足鼎一样。把这大螺蛳烧杀，取出肉来切碎，再放进去，加入酱油等调味品，煮熟，就用这壳作为器皿，请客人吃。这器皿像一把壶，所以名为壶烧。其味甚鲜，确是侑酒佳品。用的筷子更佳：这双筷用纸袋套好，纸袋上印着"消毒割箸"四个字，袋上又插着一个牙签，预备吃过之后用的。从纸袋中拔出筷来，但见一半已割裂，一半还连接，让客人自己去裂开来。这木头是消毒过的，而且没有人用过，所以用时心地非常快适。用后就丢弃，价廉并不可惜。我赞美这种筷，认为是世界上最进步的用品。西洋人用刀叉，太笨重，要洗过方能再用；中国人用竹筷，也是洗过再用，很不卫生，即使是象牙筷也不卫生。日本人的消毒割箸，就同牙签一样，只用一次，真乃一大发明。他们还有一种牙刷，非常简单，到处杂货店发卖，价钱很便宜，也是只用一次就丢弃的。于此可见日本人很有小聪明。且说我和老黄在江之岛吃壶烧酒，三杯入口，万虑皆消。海鸟长鸣，天风振袖。但觉心旷神怡，仿佛身在仙境。老黄爱调笑，看见年青侍女，就和她搭讪，问年纪，问家乡，引起她身世之感，使她掉下泪来。于是临走多给小账，约定何日重来。我们又仿佛身在小说中了。

又有一种情境，也忘不了。吃酒的对手还是老黄，地点却在上海城隍庙里。这里有一家素菜馆，叫作春风松月楼，百年老店，名闻遐迩。我和老黄都在上海当教师，每逢闲暇，便相约去吃素酒。我们的吃法很经济：两斤酒，两碗"过浇面"，一碗冬菇，一碗十景。所谓过浇，就是浇头不浇在面上，而另盛在碗里，作为酒菜。等到酒吃好了，才要面底子来当饭吃。人们叫别了，常喊作"过桥面"。这里的冬菇非常肥鲜，十景也非常入味。浇头的分量不少，下酒之后，还有剩余，可以浇在面上。我们常常去吃，后来那堂倌熟悉了，看见我们进去，就叫："过桥客人来了，请坐请坐！"现在，老黄早已作古，这素菜馆也改头换面，不可复识了。

另有一种情境，则见于患难之中。那年日本侵略中国，石门湾沦陷，我们一家老幼九人逃到杭州，转桐庐，在城外河头上租屋而居。那屋主姓盛，兄弟四人。我们租住老三的屋子，隔壁就是老大，名叫宝函。他有一个孙子，名叫贞谦，约十七八岁，酷爱读书，常常来向我请教问题，因此宝函也和我要好，常常邀我到他家去坐。这老翁年约六十多岁，身体很健康，常常坐在一只小桌旁边的圆鼓凳上。我一到，他就请我坐在他对面的椅子上，站起身来，揭开鼓凳的盖，拿出一把大酒壶来，在桌上的杯子里满满地斟了两盅；又向鼓凳里摸出一把花生米来，就和我对酌。他的鼓凳里装着棉絮，酒壶裹在棉絮里，可以保暖，斟出来的两碗黄酒，热气腾腾。酒是自家酿的，色香味都上等。我们就用花生米下酒，一面闲谈。谈的大都是关于他的孙子贞谦的事。他只有这孙子，很疼爱他。说"这小人一天到晚望书，身体不好……"，望书即看书，是桐庐土白。我用空话安慰他，骗他酒吃。骗得太多，不好意思，我准备后来报谢他。但我们住在河头上不到一个月，杭州沦陷，我们匆匆离去，终于没有报谢他的酒惠。现在，这老翁不知是否在世，贞谦已入中年，情况不得而知。

最后一种情境，见于杭州西湖之畔。那时我僦居在里西湖招贤寺隔壁的小平屋里，对门就是孤山，所以朋友送我一副对联，叫作"居邻葛岭招贤寺，门对孤山放鹤亭。"家居多暇，则闲坐在湖边的石凳上，欣赏湖光山色。每见一中年男子，蹲在岸上，向湖边垂钓。他钓的不是鱼，而是虾。钓钩上装一粒饭米，挂在岸石边。一会儿拉起线来，就有很大的一只虾。其人把它关在一个瓶子里。于是再装上饭米，挂下去钓。钓得了三四只大虾，他就把瓶子藏入藤篮里，起身走了。我问他："何不再钓几只？"他笑着回答说："下酒够了。"我跟他去，见他走进岳坟旁边的一家酒店里，拣一座头坐下了。我就在他旁边的桌上坐下，叫酒保来一斤酒，一盆花生米。他也叫一斤酒，却不叫菜，取出瓶子来，用钓丝缚住了这三四只虾，拿到酒保烫酒的开水里去一浸，不久取出，虾已经变成红色了。他向酒保要一小碟酱油，就用虾下酒。我看他吃菜很省，一只虾要吃很久，由此可知此人是个酒徒。

此人常到我家门前的岸边来钓虾。我被他引起酒兴，也常跟他到岳坟去吃酒。彼此相熟了，但不问姓名。我们都独酌无伴，就相与交谈。他知道我住在这里，问我何不钓虾。我说我不爱此物。他就向我劝诱，尽力宣扬虾的滋味鲜美，营养丰富。又教我钓虾的窍门。他说："虾这东西，爱躲在湖岸石边。你倘到湖心去钓，是永远钓不着的。这东西爱吃饭粒和蚯蚓。但蚯蚓龌龊，它吃了，你就吃它，等于你吃蚯蚓。所以我总用饭粒。你看，它现在死了，还抱着饭粒呢。"他提起一只大虾来给我看，我果然看见那虾还抱着半粒饭。他继续说："这东西比鱼好得多。鱼，你钓了来，要剖，要洗，要用油盐酱醋来烧，多少麻烦。这虾就便当得多：只要到开水里一煮，就好吃了。不须花钱，而且新鲜得很。"他这钓虾论讲得头头是道，我真心赞叹。

这钓虾人常来我家门前钓虾，我也好几次跟他到岳坟吃酒，彼此熟识了，然而不曾通过姓名。有一次，夏天，我带了扇子去吃酒。他借看我的扇子，看到了我的名字，吃惊地叫道："啊！我有眼不识泰山！"于是叙述他曾经读过我的随笔和漫画，说了许多仰慕的话。我也请教他姓名，知道他姓朱，名字现已忘记，是在湖滨旅馆门口摆刻字摊的。下午收了摊，常到里西湖来钓虾吃酒。此人自得其乐，甚可赞佩。可惜不久我就离开杭州，远游他方，不再遇见这钓虾的酒徒了。

　　写这篇琐记时，我久病初愈，酒戒又开。回想上述情景，酒兴顿添。正是"昔年多病厌芳樽，今日芳樽唯恐浅"。

胡桃云片

凭窗闲眺，想觅一个随感的题目。

说出来真觉得有些惭愧：今天我对于展开在窗际的"一·二八"战争的炮火的痕迹，不能兴起"抗日救国"的愤慨，而独仰望天际散布的秋云，甜蜜地联想到松江的胡桃云片。也想把胡桃云片隐藏在心里，而在嘴上说抗日救国。但虚伪还不如惭愧些吧。

三四年前在松江任课的时候，每星期课毕返上海，黄包车经过望江楼隔壁的茶食店，必然停一停车，买一尺胡桃云片带去吃。这种茶食是否松江的名物，我没有调查过。我是有一回同一个朋友在望江楼喝茶，想买些点心吃吃，偶然在隔壁的茶食店里发现的。发现以后，我每次携了藤箧坐黄包车出城的时候必定要买。后来成为定规，那店员看见我的车子将停下来，就先向橱窗里拿一尺糕来称分量。我走到柜上，不必说话，只需摸出一块钱来等他找我。他找我的有时是两角小洋，有时只几个铜板，视糕的分量轻重而异。每月的糕钱约占了我的薪水的十二分之一。我为什么肯拿薪水的十二分之一来按星期致送这糕店呢？因为这种糕实有使我欢喜之处，且听我说：

云片糕，这个名词高雅得很。"云片"二字是糕的色彩、形状的印象的描写。其白如云，其薄如片，名之曰云片，真是高雅而又适当。假如有一片糕向空中不翼而飞，我们大可用古人"白云一片去悠悠"之句来题赞这景象。但我还以为这名词过于象征了些。因为糕的厚薄固然宜于称片，但就糕的轮廓的形状上看，对于上面的云字似觉不切。这糕的四边是直线，四根直线围成一个长方形。用直线围成的长方形来比拟天际缭绕不定的云，似乎过于象征而有些牵强了。若把"云片"二字专用于胡桃云片上，那么我就另有一种更有趣味的看法。

胡桃云片，本是加有胡桃的云片糕的意思。想象它的制法，大约是把一块一块的胡桃肉装入米粉里，做成一段长方柱形，然后用刀切成薄薄的片。这样一来，每一片糕上都有胡桃肉的各种各样的切断面的形状。胡桃肉的形体本是非常复杂，现在装入糕中而切成片子，就因了它的位置、方向及各部形体的不同，而在糕片上显出变化多样的形象来。试切下几片糕来，不要立刻塞进口里，先来当作小小的画片观赏一下。有许多极自然的曲线，描出变化多样的形象，疏疏密密地排列在这些小小的画片上。倘就各个形象看：有的像果物，有的像人形，有的像鸟兽，还有许多像台湾岛。就全体看：有时像蠹鱼钻过的古书，有时像别的世界的地图，有时像古代的象形文字，然而大都疏密无定，颇像现在窗外的散布着秋云的天空。古人诗云："人似秋云散处多。"秋天的云，大都是一朵一朵地分散而疏密无定的。这颇像胡桃云片上的模样。故我每吃胡桃云片便想起秋天，每逢秋天便想吃胡桃云片。根据了这看法而称这种糕曰"胡桃云片"，岂不更为雅致适切而更有趣味吗？

松江人似乎曾在胡桃云片上发现了这种画意的。他们所制的糕，不像别处的产物似的仅在云片中嵌入胡桃肉，他们在糕的四周用红色的线条作一黄金律的缘，而把胡桃的断面装点在这缘线内。这宛如在一幅中国画上加了装裱，或是在一幅西洋画上加了镜框，画的意趣更加焕发了。这些胡桃肉受了缘的隔离，已与实际的世间绝缘，不复是可食的胡桃肉，而成为独立的美的形体了。

因这缘故，松江的胡桃云片使我特别欢喜。辞了松江的教职以后，我不能常得这种胡桃糕，但时时要想念它——例如今天凭窗闲眺而望天际散布的秋云的时候。读者也许要笑："你在想吃松江胡桃糕，何必絮絮叨叨地说出这一大篇！"不，不，我要吃糕很容易：到江湾街上去买两百文胡桃肉，七个铜板云片糕，拿回家来用糕包裹胡桃肉，闭了眼睛塞进嘴里，嚼起来味道和松江胡桃云片完全一样。我的想念松江胡桃云片，是为了想看。至少，半是为了想看，半是为了想吃。若要说吃，我吃这种糕是并用了眼睛和嘴巴而吃的。

我们中国的市上，仅用嘴巴吃的东西太多了。因此使我拿薪水的十二分之一来按星期致送松江的糕店，又使我在江湾的窗际遥遥地想念松江的胡桃云片。我希望中国到处的市上，并用眼睛和嘴巴来吃的东西渐渐多起来。不但嘴吃的东西，身体各部所用的东西，也都要教眼睛参加进去才好。我又希望中国到处的市上，并用眼睛和身体来用的东西也渐渐多起来。

甘美的回味

有一次我偶得闲暇，温习从前所学过的弹琴课。一位朋友拍拍我的肩膀说道："你们会音乐的真是幸福，寂寞起来弹一曲琴，多么舒服！唉，我的生活太枯燥了。我几时也想学些音乐，调剂调剂呢。"

我不能首肯于这位朋友的话，想向他抗议。但终于没有对他说什么。因为伴着拍肩膀而来的话，态度十分肯定而语气十分强重，似乎会跟了他的手的举动而拍进我的身体中，使我无力推辞或反对。倘使我不承认他的话而欲向他抗议，似乎须得还他一种比拍肩膀更重要一些的手段——例如跳将起来打他几个巴掌——而说话，才配得上抗议。但这又何必呢。用了拍肩膀的手段而说话的人，大都是自信力极强的人，他的话是他一人的法律，我实无须向他辩解。我不过在心中暗想他的话的意思，而独在这里记录自己的感想而已。

这朋友说我"寂寞起来弹一曲琴多么舒服"，实在是冤枉了我！因为我回想自己的学习音乐的经过，只感到艰辛与严肃，却从未因了学习音乐而感到舒服。

记得十六七年前我在杭州第一师范读书的时候，最怕的功课是"还琴"。我们虽是一所普通的初级师范学校，但音乐一科特别注重，全校有数十架学生练习用的五组风琴，和还琴用的一架大风琴，唱歌用的一架大钢琴。李叔同先生每星期教授我们弹琴一次。先生先把新课弹一遍给我们看。略略指导了弹法的要点，就令我们各自回去练习。一星期后我们须得练习纯熟而来弹给先生看，这就叫作"还琴"。但这不是由教务处排定在课程表内的音乐功课，而是先生给我们规定的课外修业。故还琴的时间，总在下午二十分至一时之间，即午膳后至第一课之间的四十分钟内，或下午六时二十分至七时之内，即夜饭后至晚间自修课之间的四十分钟内。我们自己练习琴的时间则各人各便，大都在下午课余，教师请假的时间，或晚上。总之，这弹琴全是课外修业。但这课外修业实际比较一切正课都艰辛而严肃。这并非我个人特殊感觉，我们的同学们讲起还琴都害怕。我每逢轮到还琴的一天，饭总是不吃饱的。我在十分钟内了结吃饭与盥洗二事，立刻挟了弹琴讲义，先到练琴室内去，抱了一下佛脚，然后心中带了一块沉重的大石头而走进还琴教室去。我们的先生——他似乎是不吃饭的——早已静悄悄地等候在那里。大风琴上的谱表与音栓都已安排妥帖，显出一排雪白的键板，犹似一件怪物张着阔大的口，露出一口雪白的牙齿而蹲踞着，在那里等候我们的来到。

先生见我进来，立刻给我翻出我今天所应还的一课来，他对于我们各人弹琴的进程非常熟悉，看见一人就记得他弹到什么地方。我坐在大风琴边，悄悄地抽了一口大气，然后开始弹奏了，先生不逼近我，也不正面督视我的手指，而斜立在离开我数步的桌旁。他似乎知道我心中的状况，深恐逼近我督视时，易使我心中慌乱而手足失措，所以特地离开一些。但我确知他的眼睛是不绝地在斜注我的手上的。因为不但遇到我按错一个键板的时候他知道，就是键板全不按错而用错了一根手指时，他的头便急速地回转，向我一看，这一看表示通不过。先生指点乐谱，令我从某处重新弹起。小错从乐句开始处重弹，大错则须从乐曲开始处重弹。有时重弹幸而通过了，但有时越是重弹，心中越是慌乱而错误越多。这还琴便不能通过。先生用和平而严肃的语调低声向我说，"下次再还"，于是我只得起身离琴，仍旧带了心中这块沉重的大石头而走出还琴教室，再去加上刻苦练习的工夫。

我们的先生的教授音乐是这样地严肃的。但他对于这样严肃的教师生活，似乎还不满足，后来就做了和尚而度更严肃的生活了。同时我也就毕业离校，入社会谋生，不再练习弹琴。但弹琴一事，在我心中永远留着一个严肃的印象，从此我不敢轻易地玩弄乐器了。毕业后两年，我一朝脱却了谋生的职务，而来到了东京的市中。东京的音乐空气使我对从前的艰辛严肃的弹琴练习发生一种甘美的回味。我费四十五块钱买了一口提琴，再费三块钱向某音乐研究会买了一张入学证，便开始学习提琴了。记得那正是盛夏的时候。我每天下午一时来到这音乐研究会的练习室中，对着了一面镜子练习提琴，一直练到五点半钟而归寓。其间每练习五十分钟，休息十分钟。这十分间非到隔壁的冰店里喝一杯柠檬刨冰，不能继续下一小时的练习。一星期之后，我左手上四个手指的尖端的皮都破烂了。起初各指尖上长出一个白泡，后来泡皮破裂，露出肉和水来。这些破烂的指尖按到细而紧张的钢丝制的 E 弦上，感到针刺般的痛楚，犹如一种肉刑！但提琴先生笑着对我说，"这是学习提琴所必经的难关。你现在必须努力继续练习，手指任它破烂，后来自会结成一层老皮，难关便通过了。"他伸出自己的左手来给我摸，"你看，我指尖上的皮多么老！起初也曾像你一般破烂过；但是难关早已通过了。倘使现在怕痛而停止练习，以前的工夫便都枉费，而你从此休想学习提琴了。"我信奉这提琴先生的忠告，依旧每日规定四个半钟头而刻苦练习，按时还琴。后来指尖上果然结皮，而练习亦渐入艰深之境。以前从李先生学习弹琴时所感到的一种艰辛严肃的况味，这时候我又实际地尝到了。但滋味和从前有些不同：因为从前监督我刻苦地练习风琴的，是对于李先生的信仰心；现在监督我刻苦地练习提琴的，不是对于那个提琴先生的信仰心，而是我的自励心。那个提琴先生的教课，是这音乐研究会的会长用了金钱而论钟点买来的。我们也是用金钱间接买他的教课的。他规定三点钟到会，五点钟退去，在这两小时的限度内尽量地教授我们提琴的技术，原可说是一种公平的交易。而且像我这远来的外国人，也得凭仗了每月三块钱的学费的力，而从这提琴先生受得平等的教授与忠告，更是可感谢的事。然而他对我的雄辩的忠告，在我觉得远不及低声的"下次再还"四个字的有效。我的刻苦地练习提琴，还是出于我自己的勉励心的，先生的教授与忠告不过供给知识与参考而已。我在这音乐研究所中继续练习了提琴四个多月，即便回国。我在那里熟习了三册提琴教则本和几曲 light opera melodies（轻歌剧旋律）。和我同室而同时开始练习提琴的，有一个出胡须的医生和一个法政学校的学生。但他们并不每天到会，因此进步都很迟，我练完第三册教则本时，他们都还只练完第一册。他们每嫌先生的教授短简而不详，不能使他们充分理解，常常来问我弹奏的方法。我尽我所知的告诉他们。我回国以后，这些同学和先生都成了梦中的人物。后来我的提琴练习废止了。但我时时念及那位医生和法政学生，不知他们的提琴练习后来进境如何。现在回想起来，他们当时进步虽慢，但炎夏的练习室中的苦况，到底比我少消受一些。他们每星期不过到练习室三四次，每次不过一二小时。而且在练习室中挥扇比拉琴更勤。我呢，犹似在那年的炎夏中和提琴作了一场剧烈的奋斗，而终于退守。那个医生和法政学生现在已由渐渐的进步而成为日本的 violinist（小提琴家）也未可知；但我的提琴上已堆积灰尘，我的手指已渐僵硬，所赢得的只是对于提琴练习的一个艰辛严肃的印象。

我因有上述的经验，故说起音乐演奏，总觉得是一种非常严肃的行为。我须得用了"如临大敌"的态度而弹琴，用了"如见大宾"的态度而听人演奏。弹过听过之后，只感到兴奋的疲倦，绝未因此而感到舒服。所以那个朋友拍着我的肩膀而说的话，在我觉得冤枉，不能首肯。难道是我的学习法不正，或我所习的乐曲不良吗？但我是依据了世界通用的教则本，服从了先生的教导，而忠实地实行的。难道世间另有一种娱乐的音乐教则本与娱乐的音乐先生吗？这疑团在我心中久不能释。有一天我在某学校的同乐会的席上恍然地悟到了。

同乐会就是由一部分同学和教师在台上扮各种游艺，给其余的同学和教师欣赏。游艺中有各种各样的演、唱和奏。总之全是令人发笑的花头。座上不绝地发出哄笑的声音。我回看后面的听众，但见许多血盆似的笑口。我似觉身在"大世界""新世界"[1]一类的游戏场中了。我觉得这同乐会的确是"乐"！在座的人可以全不费一点心力而只管张着嘴巴嬉笑。听他们的唱奏，也可以全不费一点心力而但觉鼓膜上的快感。这与我所学习的音乐大异，这真可说是舒服的音乐。听这种

1　"大世界"和"新世界"是当时上海两个游乐场的名称。

音乐，不必用"如见大宾"的态度，而只须当作喝酒。我在座听了一会儿音乐，好似喝了一顿酒，觉得陶醉而舒服。

　　于是我悟到了，那个朋友所赞叹而盼望学习的音乐，一定就是这种喝酒一般的音乐。他是把音乐看作喝酒一类的乐事的。他的话中的"音乐"及"弹琴"等字倘使改作"喝酒"，例如说，"你们会喝酒的人真是幸福，寂寞起来喝一杯酒多么舒服！"那我便首肯了。

　　那种酒上口虽好，但过后颇感恶腥，似乎要呕吐的样子。我自从那回尝过之后，不想再喝了。我觉得这种舒服的滋味，远不及艰辛严肃的回味的甘美。

这样人生，如此安好

人间的事，只要生机不灭，即使重遭天灾人祸，
暂被阻抑，终有抬头的日子。

晨梦 ————————————————————————

　　我常常在梦中晓得自己做梦。晨间，将醒未醒的时候，这种情形最多，这不是我一人独有的奇癖，讲出来常常有人表示同感。

　　近来我尤多经验这种情形：我妻到故乡去作长期的归宁，把两个小孩子留剩在这里，交托我管。我每晚要同他们一同睡觉。他们先睡，九点钟定静，我开始读书、作文，往往过了半夜，才钻进他们的被窝里。天一亮，小孩子就醒，像鸟儿似的在我耳边喧聒，又不绝地催我起身。然这时候我正在晨梦，一面隐隐地听见他们的喧聒，一面作梦中的遨游。他们叫我不醒，将嘴巴合在我的耳朵上，大声疾呼："爸爸！起身了！"立刻把我从梦境里拉出。有时我的梦正达于兴味的高潮，或还没有告段落，就回他们话，叫他们再唱一曲歌，让我睡一歇，连忙蒙上被头，继续进行我的梦游。这的确会继续进行，甚且打断两三次也不妨。

　　不过那时候的情形很奇特：一面寻找梦的头绪，继续演进，一面又能隐隐地听见他们的唱歌声的断片。即一面在热心地做梦中的事，一面又知道这是虚幻的梦。有梦游的假我，同时又有伴小孩子睡着的真我。

但到了孩子大哭，或梦完结了的时候，我也就毅然地起身了。披衣下床，"今日有何要务"的真我的正念凝集心头的时候，梦中的妄念立刻被排出意外，谁还留恋或计较呢？

"人生如梦"，这话是古人所早已道破的，又是一切人所痛感而承认的。那么我们的人生，都是——同我的晨梦一样——在梦中晓得自己做梦的了。这念头一起，疑惑与悲哀的感情就支配了我的全体，使我终于无可自解，无可自慰。往往没有穷究的勇气，就把它暂搁在一旁，得过且过地过几天再说。这想来也不是我一人的私见，讲出来一定有许多人表示同感吧！

因为这是众目昭彰的一件事：无穷大的宇宙间的七尺之躯，与无穷久的浩劫中的数十年，而能上穷星界的秘密，下探大地的宝藏，建设诗歌的美丽的国土，开拓哲学的神秘的境地。然而一到这脆弱的躯壳损坏而朽腐的时候，这伟大的心灵就一去无迹，永远没有这回事了。这个"我"的儿时的欢笑，青年的憧憬，中年的哀乐，名誉，财产，恋爱……在当时何等认真，何等郑重；然而到了那一天，全没有"我"的一回事了！哀哉，"人生如梦"！

然而回看人世，又觉得非常诧异：在我们以前，"人生"已被反复了数千万遍，都像昙花泡影地倏现倏灭。大家一面明明知道自己也是如此，一面却又置若不知，毫不怀疑地热心做人。——做官的热心办公，做兵的热心体操，做商的热心算盘，做教师的热心上课，做车夫的热心拉车，做厨房的热心烧饭……还有做学生的热心求知识，以预备做人——这明明是自杀，慢性的自杀！

这便是为了人生的饱暖的愉快，恋爱的甘美，结婚的幸福，爵禄富厚的荣耀，把我们骗住，致使我们无暇回想，流连忘返，得过且过，提不起穷究人生的根本的勇气，糊涂到死。

"人生如梦！"不要把这句话当作文学上的装饰的丽句！这是当头的棒喝！古人所道破，我们所痛感而承认的。我们的人生的大梦，确是——同我的晨梦一样——在梦中晓得自己做梦的。我们一面在热心地做梦中的事，一面又知道这是虚幻的梦。我们有梦中的"假我"，又有本来的"真我"。我们毅然起身，披衣下床，"真我"的正念凝集于心头的时候，梦中的妄念立刻被置之一笑，谁还留恋或计较呢？

同梦的朋友们！我们都有"真我"的，不要忘记了这个"真我"，而沉酣于虚幻的梦中！我们要在梦中晓得自己做梦，而常常找寻这个"真我"的所在。

去年除夕夜买的一球水仙花，养了两个多月，直到今天方才开花。

今春天气酷寒，别的花木萌芽都迟，我的水仙尤迟。因为它到我家来，遭了好几次灾难，生机被阻抑了。

第一次遭的是旱灾，其情形是这样：它于去年除夕到我家，当时因为我的别寓里没有水仙花盆，我特为跑到瓷器店去买一只纯白的瓷盘来供养它。这瓷盘很大、很重，原来不是水仙花盆。据瓷器店里的老头子说，它是光绪年间的东西，是官场中请客时用以盛某种特别看馔的家伙。只因后来没有人用得着它，至今没有卖脱。我觉得普通所谓水仙花盆，长方形的、扇形的，在过去的中国画里都已看厌了，而且形式都不及这家伙好看。就假定这家伙是为我特制的水仙花盆，买了它来，给我的水仙花配合，形状色彩都很调和。看它们在寒窗下绿白相映，素艳可喜，谁相信这是官场中盛酒肉的东西？可是它们结合不到一个月，就要别离。为的是我要到石门湾去过阴历年，预期在缘缘堂住一个多月，希望把这水仙花带回去。看它开好才好。如何带法？颇费踌躇：叫工人阿毛拿了这盆水仙花乘火车，恐怕有人说阿毛提倡风雅；把它装进皮箱里，又不可能。于是阿毛提议："盘儿不要它，水仙花拔起来装在饼干箱里，携了上车，到家不过三四个钟头，不会旱杀的。"我通过了。水仙就与盘暂别，坐在饼干箱里旅行。回到家里，大家纷忙得很，我也忘记了水仙花。三天之后，阿毛突然说起，我猛然觉悟，找寻它的下落，原来被人当作饼干，搁在石灰甏上。连忙取出一看，绿叶憔悴，根须焦黄。阿毛说："勿碍。"立刻把它供养在家里旧有的水仙花盆中，又放些白糖在水里。幸而果然勿碍，过了几天它又欣欣向荣了。是为第一次遭的旱灾。

第二次遭的是水灾，其情形是这样：家里的水仙花盆中，原有许多色泽很美丽的雨花台石子。有一天早晨，被孩子们发现了，水仙花就遭殃：他们说石子里统是灰尘，埋怨阿毛不先将石子洗干净，就代替他做这番工作。他们把水仙花拔起，暂时养在脸盆里，把石子倒在另一脸盆里，掇到墙角的太阳光中，给它们一一洗刷。雨花台石子浸着水，映着太阳光，光泽、色彩、花纹，都很美丽。有几颗可以使人想象起"通灵宝玉"来。看的人越聚越多，孩子们尤其多，女孩子最热心。她们把石子照形状分类，照色彩分类，照花纹分类；然后品评其好坏，给每块石子打起分数来；最后又利用其形色，用许多石子拼起图案来。图案拼好，她们自去吃年糕了；年糕吃好，她们又去踢毽子了；毽子踢好，她们又去散步了。直到晚上，阿毛在墙角发现了石子的图案，叫道："咦，水仙花哪里去了？"东寻西找，发现它横卧在花台边上的脸盆中，浑身浸在水里。自晨至晚，浸了十来小时，绿叶已浸得发肿，发黑了！阿毛说："勿碍。"再用小石子给它扶持，坐在水仙花盆中。是为第二次遭的水灾。

第三次遭的是冻灾，其情形是这样的：水仙花在缘缘堂里住了一个多月。其间春寒太甚，患难迭起。其生机被这些天灾人祸所阻抑，始终不能开花。直到我要离开缘缘堂的前一天，它还是含苞未放。我此去预定暮春回来，不见它开花又不甘心，以问阿毛。阿毛说："用绳子穿好，提了去！这回不致忘记了。"我赞成。于是水仙花倒悬在阿毛的手里旅行了。它到了我的寓中，仍旧坐在原配的盆里。雨水过了，不开花。惊蛰过了，又不开花。阿毛说："不晒太阳的缘故。"就掇到阳台上，请它晒太阳。今年春寒殊甚，阳台上虽有太阳光，同时也有料峭的东风，使人立脚不住。所以人都闭居在室内，从不走到阳台上去看水仙花。房间内少了一盆水仙花也没有人查问。直到次日清晨，阿毛叫了："啊哟！昨晚水仙花没有拿进来，冻杀了！"一看，盆内的水连底冻，敲也敲不开；水仙花里面的水分也冻，其鳞茎冻得像一块白石头，其叶子冻得像许多翡翠条。赶快拿进来，放在火炉边。久之久之，盆里的冰融了，花里的冰也融了；但是叶子很软，一条一条弯下来，叶尖儿垂在水面。阿毛说："乌者[1]。"我觉得的确有些儿"乌"，但是看它的花蕊还是笔挺地立着，想来生机没有完全丧尽，还有希望。以问阿毛，阿毛摇头，随后说："索性拿到灶间里去，暖些，我也可以常常顾到。"我赞成。垂死的水仙花就被从房中移到灶间。是为第三次遭的冻灾。

谁说水仙花清？它也像普通人一样，需要烟火气的。自从移入灶间之后，叶子渐渐抬起头来，花苞渐渐展开。今天花儿开得很好了！

---

1 乌者，意即遭了。

阿毛送它回来，我见了心中大快。此大快非仅为水仙花。人间的事，只要生机不灭，即使重遭天灾人祸，暂被阻抑，终有抬头的日子。个人的事如此，家庭的事如此，国家、民族的事也如此。

　　把日常生活的感兴用"漫画"描写出来——换言之，把日常所见的可惊、可喜、可悲、可晒之相，就用写字的毛笔草草地图写出来——听人拿去印刷了给大家看，这事在我约有了十年的历史，仿佛是一种习惯了。中国人崇尚"不求人知"，西洋人也有"What's in your heart let no one know"的话。我正同他们的相反，专门画给人家看，自己却从未仔细回顾已发表的自己的画。偶然在别人处看到自己的画册，或者在报纸、杂志中翻到自己的插画，也好比在路旁的商店的样子窗中的大镜子里照见自己的面影，往往一瞥就走，不愿意细看。这是什么心理？很难自知。勉强平心静气地观察自己，大概是为了太稔熟，太关切，表面上反而变疏远了的缘故。中国人见了朋友或相识者都打招呼，表示互相亲爱；但见了自己的妻子，反而板起脸孔不搭白，表示疏远的样子。我的不欢喜仔细回顾自己的画，大约也是出于这种奇妙的心理的吧？

约十年前，我家住在上海。住的地方迁了好几处，但总无非是一楼一底的"弄堂房子"，至多添了一间过街楼。现在回想起来，上海这地方真是十分奇妙：看似那么忙乱的，住在那里却非常安闲，家庭这小天地可以和忙乱的环境判然地隔离而安闲地独立。我们住在乡间，邻人总是熟识的，有的比亲戚更亲切；白天门总是开着的，不断地有人进进出出；有了些事总是大家传说的，风俗习惯总是大家共通的。住在上海完全不然。邻人大都不相识，门镇日严扃着，别人死了人与你全不相干。故住在乡间看似安闲，其实非常忙乱；反之，在上海看似忙乱，其实非常安闲。关了前门，锁了后门，便成一个自由独立的小天地。在这里面由你选取甚样风俗习惯的生活：宁波人尽管度宁波俗的生活，广东人尽管度广东俗的生活。我们是浙江石门湾人，住在上海时也只管说石门湾的土白，吃石门湾式的饭菜，度石门湾式的生活；却与石门湾相去千里。现在回想，这真是一种奇妙的生活！

　　除了出门以外，在家里所见的只是这个石门湾式的小天地。有时开出后门去，换掉些头发（《子恺画集》六四页），有时从过街楼上挂下一只篮去买两只团子（《子恺漫画》七〇页），有时从洋台眺望屋瓦间浮出来的纸鸢（《子恺漫画》六三页），知道春已来到上海。但在我们这个小天地中，看不出春的来到。有时几乎天天同样，辨不出今日和昨日。有时连日没有一个客人上门，我妻每天的公事，就是傍晚时光抱了瞻瞻，携了阿宝，到弄堂门口去等我回家（《子恺漫画》六九页）。两岁的瞻瞻坐在他母亲的臂上，口里唱着："爸爸还不来，爸爸还不来！"六岁的阿宝拉住了她娘的衣裙，在下面同他和唱。瞻瞻在马路上扰攘往来的人群中认到了带着一沓书和一包食物回家的我，突然地欢呼舞蹈起来，几乎使他母亲的手臂撑不住。阿宝陪着他在下面跳舞，也几乎撕破了她母亲衣裾。他们的母亲呢，笑着喝骂他们。当这时候，我觉得自己立刻化身为二人。其一人做了他们的父亲或丈夫，体验着小别重逢时的家庭团圆之乐；另一个人呢，远远地站了出来，从旁观察这一幕悲欢离合的活剧，看到一种可喜又可悲的世间相。

他们这样地欢迎我进去的，是上述的几与世间绝缘的小天地。这里是孩子们的天下。主宰这天下的，有三个角色，除了瞻瞻和阿宝之外，还有一个是四岁的软软，仿佛罗马的三头政治。日本人有 Tototenka（父天下）、Kakatenka（母天下）之名，我当时曾模仿他们戏称我们这家庭为 Tsetsetenka（瞻瞻天下）。因为瞻瞻在这三人之中势力最盛，好比罗马三头政治中的领袖。我呢，名义上是他们的父亲，实际上是他们的臣仆；而我自己却以为是站在他们这政治舞台下面的观剧者。丧失了美丽的童年时代，送尽了蓬勃的青年时代，而初入黯淡的中年时代的我，在这群真率的儿童生活中梦见了自己过去的幸福，觅得了自己已失的童心。我企慕他们的生活的天真，艳羡他们的世界的广大。觉得孩子们都有大丈夫气，大人比起他们来，个个都虚伪卑怯。又觉得人世间各种伟大的事业，不是那种虚伪卑怯的大人们所能致，都是具有孩子们似的大丈夫气的人所建设的。

我翻到自己的画册，便把当时的情景历历地回忆起来。例如：他们跟了母亲到故乡的亲戚家去看结婚，回到上海的家里时也就结起婚来。他们派瞻瞻做新官人。亲戚家的新官人曾经来向我借一顶铜盆帽[1]。瞻瞻这两岁的小新官人也借我的铜盆帽去戴上了。他们派软软做

---

[1] 当时我乡结婚的男子，必须戴一顶铜盆帽，穿长衫马褂，我在上海日常戴用的呢帽，常常被故乡的乡亲借去当作结婚的大礼帽用。

新娘子。亲戚家的新娘子用红帕子把头蒙住，他们也拿母亲的红包袱把软软的头蒙住了。一个戴着铜盆帽好像苍蝇戴豆壳；一个蒙住红包袱好像猢狲扮地戏，但两人都认真得很，脸孔板板的，跨步缓缓的，活像那亲戚家的结婚式中的人物。宝姊姊说"我做媒人"，拉住了这一对小夫妇而教他们参天拜地，拜好了又送他们到用凳子搭成的洞房里（见《子恺画集》第三七页）。

　　我家没有一个好凳，不是断了脚的，就是擦了漆的。它们当凳子给我们坐的时候少，当游戏工具给孩子们用的时候多。在孩子们，这种工具的用处真真广大：请酒时可以当桌子用，搭棚时可以当墙壁用，做客人时可以当船用，开火车时可以当车站用。他们的身体比凳子高得有限，看他们搬来搬去非常吃力。有时汗流满面，有时被压在凳子底下。但他们好像为生活而拼命奋斗的劳动者，决不辞劳。汗流满面时可用一双泥污的小手来揩摸，被压去凳子底下时只要哭脱几声，就带着眼泪去工作。他们真可说是"快活的劳动者"（《子恺画集》第三四页）。哭的一事，在孩子们有特殊的效用。大人们惯说"哭有什么用？"原是为了他们的世界狭窄的缘故。在孩子们的广大的世界里，哭真有意想不到的效力。譬如跌痛了，只要尽情一哭，比服凡拉蒙灵得多，能把痛完全忘却，依旧遨游于游戏的世界中。又如泥人跌破了，也只要放声一哭，就可把泥人完全忘却，而热衷于别的玩具（《子恺画集》第一六页）。又如花生米吃得不够，也只要号哭一下，便好像已经吃饱，可以起劲地去干别的工作了（《子恺漫画》第六六页）。总之，他们干无论什么事都认真而专心，把身心全部的力量拿出来干。哭的时候用全力去哭，笑的时候用全力去笑，一切游戏都用全力去干。干一件事的时候，把除这以外的一切别的事统统忘却。一旦拿了笔写字，便把注意力全部集中在纸上（《子恺漫画》六八页）。纸放在桌上的水痕里也不管，衣袖带翻了墨水瓶也不管，衣裳角拖在火钵里燃烧了也不管。一旦知道同伴们有了有趣的游戏，冬晨睡在床里的会立刻从被窝钻出，穿了寝衣来参加；正在换衣服的会赤了膊来参加（《子恺漫画》九〇页）；正在洗浴的也会立刻离开浴盆，用湿淋淋的赤身去参加。被参加的团体中的人们，对于这浪漫的参加者也恬不为怪，因为他们大家把全精神沉浸在游戏的兴味中，大家入了"忘我"的三昧境，更无余暇顾到实际生活上的事及世间的习惯了。

成人的世界，因为受实际的生活和世间的习惯的限制，所以非常狭小苦闷。孩子们的世界不受这种限制，因此非常广大自由。年纪愈小，其所见的世界愈大。我家的三头政治团中势力瞻瞻最大的，便是为了他年纪最小，所处的世界最广大自由的缘故。他见了天上的月亮，会认真地要求父母给他捉下来（《儿童漫画》）；见了已死的小鸟，会认真地喊它活转（《子恺画集》二八页）；两把芭蕉扇可以认真地变成他的脚踏车（《子恺画集》一七页）；一只藤椅子可以认真地变成他的黄包车（《子恺画集》一八页）；戴了铜盆帽会立刻认真地变成新官人；穿了爸爸的衣服会立刻认真地变成爸爸（《子恺漫画》九五页）。照他的热诚的欲望，屋里所有的东西应该都放在地上，任他玩弄；所有的小贩应该一天到晚集中在我家的门口，由他随时去买来吃弄；房子的屋顶应该统统除去，可以使他在家里随时望见月亮、鹞子和飞机；眠床里应该有泥土，种花草，养着蝴蝶与青蛙，可以让他一醒觉就在野外游戏（《子恺画集》二〇页）。看他那热诚的态度，以为这种要求绝非梦想或奢望，应该是人力所能办到的。他以为人的一切欲望应该都是可能的。所以不能达到目的的时候，便那样愤慨地号哭。拿破仑的字典里没有"难"字，我家当时的瞻瞻的词典里一定没有"不可能"之一词。

我企慕这种孩子们的生活的天真，艳羡这种孩子们的世界的广大。或者有人笑我故意向未练的孩子们的空想界中找求荒唐的乌托邦，以为逃避现实之所。但我也可笑他们的屈服于现实，忘却人类的本性。我想，假如人类没有这种孩子们的空想的欲望，世间一定不会有建筑、交通、医药、机械等种种抵抗自然的建设，恐怕人类到今日还在茹毛饮血呢。所以我当时的心，被儿童所占据了。我时时在儿童生活中获得感兴。玩味这种感兴，描写这种感兴，成了当时我的生活的习惯。

欢喜读与人生根本问题有关的书，欢喜谈与人生根本问题有关的话，可说是我的一种习性。我从小不欢喜科学而欢喜文艺。为的是我所见的科学书，所谈的大都是科学的枝末问题，离人生根本很远；而我所见的文艺书即使最普通的《唐诗三百首》《白香词谱》等，也处处含有接触人生根本而耐人回味的字句。例如我读了"想得故园今夜月，几人相忆在江楼"，便会设身处地地做了思念故园的人，或江楼相忆者之一人，而无端地兴起离愁。又如读了"流光容易把人抛，红了樱桃，绿了芭蕉"，便会想起过去的许多的春花秋月，而无端地兴起惆怅。我看见世间的大人都为生活的琐屑事件所迷着，都忘记人生的根本；只有孩子们保住天真，独具慧眼，其言行多足供我欣赏者。八指头陀诗云："吾爱童子身，莲花不染尘。骂之唯解笑，打亦不生嗔。对境心常定，逢人语自新。可慨年既长，物欲蔽天真。"我当时曾把这首诗用小刀刻在香烟管的边上。

这只香烟嘴一直跟随我，直到四五年前，有一天不见了。以后我不再刻这诗在什么地方。四五年来，我的家里同国里一样的多难：母亲病了很久，后来死了；自己也病了很久，后来没有死。这四五年间，我心中不觉得有什么东西占据着，在我的精神生活上好比一册书里的几页空白。现在，空白页已经翻厌，似乎想翻出些下文来才好。我仔细向自己的心头探索，觉得只有许多乱杂的东西忽隐忽现，却并没有一物力强地占据着。我想把这几页空白当作被开的几个大"天窗"，使下文仍旧继续前文，然而很难能。因为昔日的我家的儿童，已在这数年间不知不觉地变成了少年少女，行将变为大人。他们已不能像昔日地占据我的心了。我原非一定要自己的子女为儿童生活赞美的对象，但是他们由天真烂漫的儿童渐渐变成拘谨驯服的少年少女，在我眼前实证地显示了人生黄金时代的幻灭，我也无心再来赞美那昙花似的儿童世界了。

古人诗云："去日儿童皆长大，昔年亲友半凋零。"这两句确切地写出了中年人的心境的虚空与寂寥。前天我翻阅自己的画册时，陈宝（就是阿宝，就是做媒人的宝姊姊）、宁馨（就是做新娘子的软软）、华瞻（就是做新官人的瞻瞻）都从学校放寒假回家，站在我身边同看。看到"瞻瞻新官人，软软新娘子，宝姊姊做媒人"的一幅，大家不自然起来。宁馨和华瞻脸上现出忸怩的笑，宝姊姊也表示决不肯再做媒人了。他们好比已经换了另一班人，不复是昔日的阿宝、软软和瞻瞻了。昔日我在上海的小家庭中所观察欣赏，而描写的那群天真烂漫的孩子，现在似乎早已不在人间了！他们现在都已疏远家庭，做了学校的学生。他们的生活都受着校规的约束、社会制度的限制，和世智的拘束；他们的世界不复如昔日那样广大自由；他们早已不做房子没有屋顶和眠床里种花草的梦了。他们已不复是"快活的劳动者"，正在为分数而劳动，为名誉而劳动，为知识而劳动，为生活而劳动了。

我的心早已失了占据者。我带了这虚空而寂寥的心，彷徨在十字街头，观看他们所转入的社会，我想象这里面的人，个个是从那天真烂漫、广大自由的儿童世界里转出来的。但这里没有"花生米不满足"的人，却有许多面包不满足的人。这里没有"快活的劳动者"，只见锁着眉头的引车者，无食无衣的耕织者，挑着重担的斑白者，挂着白须的行乞者。这里面没有像孩子世界里所闻的号啕的哭声，只有细弱的呻吟，吞声的呜咽，幽默的冷笑，和愤慨的沉默。这里面没有像孩子世界中所见的不屈不挠的大丈夫气，却充满了顺从、屈服、消沉、悲哀，和诈伪、险恶、卑怯的状态。我看到这种状态，又同昔日带了一沓书和一包食物回家，而在弄堂门口看见我妻提携了瞻瞻和阿宝等候着那时一样，自己立刻化身为二人。其一人做了这社会里的一分子，体验着现实生活的辛味；另一人远远地站出来，从旁观察这些状态，看到了可惊可喜可悲可哂的种种世间相。然而这情形和昔日不同：昔日的儿童生活相能"占据"我的心，能使我归顺他们；现在的世间相却只是常来"袭击"我这空虚寂寥的心而不能占据，使我归顺。因此我的生活的册子中，至今还是继续着空白的页，不知道下文是什么。也许空白到底，亦未可知啊。

我的年岁上冠用了"三十"二字，至今已两年了。不解达观的我，从这两个字上受到了不少的暗示与影响。虽然明明觉得自己的体格与精力比二十九岁时全然没有什么差异，但"三十"这一个观念笼在头上，犹之张了一顶阳伞，使我的全身蒙了一个暗淡色的阴影，又仿佛在日历上撕过了立秋的一页以后，虽然太阳的炎威依然没有减却，寒暑表上的热度依然没有降低，然而只当得余威与残暑，或霜降木落的先驱，大地的节候已从今移交于秋了。

实际，我两年来的心情与秋最容易调和而融合。这情形与从前不同。在往年，我只慕春天。我最欢喜杨柳与燕子。尤其欢喜初染鹅黄的嫩柳。我曾经名自己的寓居为"小杨柳屋"，曾经画了许多杨柳燕子的画，又曾经摘取秀长的柳叶，在厚纸上裱成各种风调的眉，想象这等眉的所有者的颜貌，而在其下面添描出眼鼻与口。那时候我每逢早春时节，正月二月之交，看见杨柳枝的线条上挂了细珠，带了隐隐的青色而"遥看近却无"的时候，我心中便充满了一种狂喜，这狂喜又立刻变成焦虑，似乎常常在说："春来了！不要放过！赶快设法招待它，享乐它，永远留住它。"我读了"良辰美景奈何天"等句，曾经真心地感动。以为古人都太息一春的虚度，前车可鉴！到我手里决不放它空过了。最是逢到了古人惋惜最深的寒食清明，我心中的焦灼便更甚。那一天我总想有一种足以充分酬偿这佳节的举行。我准拟作诗，作画，或痛饮，漫游。虽然大多不被实行；或实行而全无效果，反而中了酒，闹了事，换得了不快的回忆；但我总不灰心，总觉得春的可恋。我心中似乎只有知道春，别的三季在我都当作春的预备，或待春的休息时间，全然不曾注意到它们的存在与意义。而对于秋，尤无感觉：因为夏连续在春的后面，在我可当作春的过剩；冬先行在春的前面，在我可当作春的准备；独有与春全无关联的秋，在我心中一向没有它的位置。

自从我的年龄告了立秋以后，两年来的心境完全转了一个方向，也变成秋天了。然而情形与前不同：并不是在秋日感到像昔日的狂喜与焦灼。我只觉得一到秋天，自己的心境便十分调和。非但没有那种狂喜与焦灼，且常常被秋风秋雨秋色秋光所吸引而融化在秋中，暂时失却了自己的所在。而对于春，又并非像昔日对于秋的无感觉。我现在对于春非常厌恶。每当万象回春的时候，看到群花的斗艳，蜂蝶的扰攘，以及草木昆虫等到处争先恐后地滋生繁殖的状态，我觉得天地间的凡庸，贪婪，无耻，与愚痴，无过于此了！尤其是在青春的时候，看到柳条上挂了隐隐的绿珠，桃枝上着了点点的红斑，最使我觉得可笑又可怜。我想唤醒一个花蕊来对它说："啊！你也来反复这老调了！我眼看见你的无数的祖先，个个同你一样地出世，个个努力发展，争荣竞秀；不久没有一个不憔悴而化泥尘。你何苦也来反复这老调呢？如今你已长了这孽根，将来看你弄娇弄艳，装笑装颦，招致了蹂躏，摧残，攀折之苦，而步你的祖先们的后尘！"

实际，迎送了三十几次的春来春去的人，对于花事早已看得厌倦，感觉已经麻木，热情已经冷却，决不会再像初见世面的青年少女似的为花的幻姿所诱惑而赞之，叹之，怜之，惜之了。况且天地万物，没有一件逃得出荣枯，盛衰，生灭，有无之理。过去的历史昭然地证明着这一点，无须我们再说。古来无数的诗人千篇一律地为伤春惜花费词，这种效颦也觉得可厌。假如要我对于世间的生荣死灭费一点词，我觉得生荣不足道，而宁愿欢喜赞叹一切的死灭。对于前者的贪婪，愚昧，与怯弱，后者的态度何等谦逊，悟达，而伟大！我对于春与秋的取舍，也是为了这一点。

夏目漱石三十岁的时候，曾经这样说："人生二十而知有生的利益；二十五而知有明之处必有暗；至于三十的今日，更知明多之处暗亦多，欢浓之时愁亦重。"我现在对于这话也深抱同感；有时又觉得三十的特征不止这一端，其更特殊的是对于死的体感。青年们恋爱不遂的时候惯说生生死死，然而这不过是知有"死"的一回事而已，不是体感。犹之在饮冰挥扇的夏日，不能体感到围炉拥衾的冬夜的滋味。就是我们阅历了三十几度寒暑的人，在前几天的炎阳之下也无论如何感不到浴日的滋味。围炉，拥衾，浴日等事，在夏天的人的心中只是一种空虚的知识，不过晓得将来须有这些事而已，但是不可能体感它们的滋味。须得入了秋天，炎阳逼尽了威势而渐渐退却，汗水浸胖了的肌肤渐渐收缩，身穿单衣似乎要打寒噤，而手触法兰绒觉得快适的时候，于是围炉，拥衾，浴日等知识方能渐渐融入体验界中而化为体感。我的年龄告了立秋以后，心境中所起的最特殊的状态便是这对于"死"的体感。以前我的思虑真疏浅！以为春可以常在人间，人可以永在青年，竟完全没有想到死。又以为人生的意义只在于生，而我的一生最有意义，似乎我是不会死的。直到现在，仗了秋的慈光的鉴照，死的灵气钟育，才知道生的甘苦悲欢，是天地间反复过亿万次的老调，又何足珍惜？我但求此生的平安的度送与脱出而已。犹之罹了疯狂的人，病中的颠倒迷离何足计较？但求其去病而已。

我正要搁笔，忽然西窗外黑云弥漫，天际闪出一道电光，发出隐隐的雷声，骤然洒下一阵夹着冰雹的秋雨。啊！原来立秋过得不多天，秋心稚嫩而未曾老练，不免还有这种不调和的现象，可怕哉！

　　使人生圆滑进行的微妙的要素，莫如"渐"；造物主骗人的手段，
也莫如"渐"。在不知不觉之中，天真烂漫的孩子"渐渐"变成野心
勃勃的青年；慷慨豪侠的青年"渐渐"变成冷酷的成人；血气旺盛的
成人"渐渐"变成顽固的老头子。因为其变更是渐进的，一年一年地、
一月一月地、一日一日地、一时一时地、一分一分地、一秒一秒地渐进，
犹如从斜度极缓的长远的山坡上走下来，使人不察其递降的痕迹，不
见其各阶段的境界，而似乎觉得常在同样的地位，恒久不变，又无时
不有生的意趣与价值，于是人生就被确实肯定，而圆滑进行了。假使
人生的进行不像山坡而像风琴的键板，由 do 忽然移到 re，即如昨夜
的孩子今朝忽然变成青年；或者像旋律的"接离进行"地由 do 忽然跳
到 mi，即如朝为青年而夕暮忽成老人，人一定要惊讶、感慨、悲伤，
或痛感人生的无常，而不乐为人了。故可知人生是由"渐"维持的。
这在女人恐怕尤为必要：歌剧中，舞台上的如花的少女，就是将来火

炉旁边的老婆子，这句话，骤听使人不能相信，少女也不肯承认，实则现在的老婆子都是由如花的少女"渐渐"变成的。

人之能堪受境遇的变衰，也全靠这"渐"的助力。巨富的纨绔子弟因屡次破产而"渐渐"荡尽其家产，变为贫者；贫者只得做佣工，佣工往往变为奴隶，奴隶容易变为无赖，无赖与乞丐相去甚近，乞丐不妨做偷儿……这样的例，在小说中，在实际上，均多得很。因为其变衰是延长为十年二十年而一步一步地"渐渐"地达到的，在本人不感到什么强烈的刺激。故虽到了饥寒病苦刑笞交迫的地步，仍是熙熙然贪恋着目前的生的欢喜。假如一位千金之子忽然变了乞丐或偷儿，这人一定愤不欲生了。

这真是大自然的神秘的原则，造物主的微妙的功夫！阴阳潜移，春秋代序，以及物类的衰荣生杀，无不暗合于这法则。由萌芽的春"渐渐"变成绿荫的夏；由凋零的秋"渐渐"变成枯寂的冬。我们虽已经历数十寒暑，但在围炉拥衾的冬夜仍是难于想象饮冰挥扇的夏日的心情；反之亦然。然而由冬一天一天地、一时一时地、一分一分地、一秒一秒地移向夏，由夏一天一天地、一时一时地、一分一分地、一秒一秒地移向冬，其间实在没有显著的痕迹可寻。昼夜也是如此：傍晚坐在窗下看书，书页上"渐渐"地黑起来，倘不断地看下去（目力能因了光的渐弱而渐渐加强），几乎永远可以认识书页上的字迹，即不觉昼之已变为夜。黎明凭窗，不瞬目地注视东天，也不辨自夜向昼的推移的痕迹。女儿渐渐长大起来，在朝夕相见的父母全不觉得，难得见面的远亲就相见不相识了。往年除夕，我们曾在红蜡烛底下守候水仙花的开放，真是痴态！倘水仙花果真当面开放给我们看，便是大自然的原则的破坏，宇宙的根本的摇动，世界人类的末日临到了！

"渐"的作用，就是用每步相差极微极缓的方法来隐蔽时间的过去与事物的变迁的痕迹，使人误认其为恒久不变。这真是造物主骗人的一大诡计！这有一件比喻的故事：某农夫每天朝晨抱了犊而跳过一沟，到田里去工作，夕暮又抱了它跳过沟回家。每日如此，未尝间断。过了一年，犊已渐大，渐重，差不多变成大牛，但农夫全不觉得，仍是抱了它跳沟。有一天他因事停止工作，次日再就不能抱了这牛而跳沟了。造物的骗人，使人流连于其每日每时的生的欢喜而不觉其变迁与辛苦，就是用这个方法的。人们每日在抱了日重一日的牛而跳沟，不准停止。自己误以为是不变的，其实每日在增加其苦劳！

　　我觉得时辰钟是人生的最好的象征了。时辰钟的针，平常一看总觉得是"不动"的；其实人造物中最常动的无过于时辰钟的针了。日常生活中的人生也如此，刻刻觉得我是我，似乎这"我"永远不变，实则与时辰钟的针一样地无常！一息尚存，总觉得我仍是我，我没有变，还是流连着我的生，可怜受尽"渐"的欺骗！

　　"渐"的本质是"时间"。时间我觉得比空间更为不可思议，犹之时间艺术的音乐比空间艺术的绘画更为神秘。因为空间姑且不追究它如何广大或无限，我们总可以把握其一端，认定其一点。时间则全然无从把握，不可挽留，只有过去与未来在渺茫之中不绝地相追逐而已。性质上既已渺茫不可思议，分量上在人生也似乎太多。因为一般人对于时间的悟性，似乎只够支配搭船乘车的短时间；对于百年的长期间的寿命，他们不能胜任，往往迷于局部而不能顾及全体。试看乘火车的旅客中，常有明达的人，有的宁牺牲暂时的安乐而让其座位于老弱者，以求心的太平（或博暂时的美誉）；有的见众人争先下车，而退在后面，或高呼"勿要轧，总有得下去的！""大家都要下去的！"，然而在乘"社会"或"世界"的大火车的"人生"的长期的旅客中，就少有这样的明达之人。所以我觉得百年的寿命，定得太长。像现在的世界上的人，倘定他们搭船乘车的期间的寿命，也许在人类社会上可减少许多凶险残惨的争斗，而与火车中一样的谦让、和平，也未可知。

然人类中也有几个能胜任百年的或千古的寿命的人。那是"大人格""大人生"。他们能不为"渐"所迷，不为造物所欺，而收缩无限的时间并空间于方寸的心中。故佛家能纳须弥于芥子。中国古诗人（白居易）说："蜗牛角上争何事？石火光中寄此身。"英国诗人（Blake[1]）也说："一粒沙里见世界，一朵花里见天国；手掌里盛住无限，一刹那便是永劫。"

1 即布莱克（1757—1827）。

大账簿

　　我幼年时，有一次坐了船到乡间去扫墓。正靠在船窗口出神观看船脚边层出不穷的波浪的时候，手中拿着的不倒翁失足翻落河中。我眼看它跃入波浪中，向船尾方面滚腾而去，一刹那间形影俱杳，全部交付与不可知的渺茫的世界了。我看看自己的空手，又看看窗下的层出不穷的波浪，不倒翁失足的伤心地，再向船后面的茫茫白水怅望了一会儿，心中黯然地起了疑惑与悲哀。我疑惑不倒翁此去的下落与结果究竟如何，又悲哀这永远不可知的命运。它也许随了波浪流去，搁住在岸滩上，落入于某村童的手中；也许被渔网打去，从此做了渔船上的不倒翁；又或永远沉沦在幽暗的河底，岁久化为泥土，世间从此不再见这个不倒翁。我晓得这不倒翁现在一定有个下落，将来也一定有个结果，然而谁能去调查呢？谁能知道这不可知的命运呢？这种疑惑与悲哀隐约地在我心头推移。终于我想：父亲或者知道这究竟，能解除我这种疑惑与悲哀。不然，将来我年纪长大起来，总有一天能知道这究竟，能解除这疑惑与悲哀。

后来我的年纪果然长大起来。然而这种疑惑与悲哀，非但依旧不能解除，反而随了年纪的长大而增多增深了。我偕了小学校里的同学赴郊外散步，偶然折取一根树枝，当手杖用了一会，后来抛弃在田间的时候，总要对它回顾好几次，心中自问自答："我不知几时得再见它？它此后的结果不知究竟如何？我永远不得再见它了！它的后事永远不可知了！"倘是独自散步，遇到这种事的时候我更要依依不舍地流连一会。有时已经走了几步，又回转身去，把所抛弃的东西重新拾起来，郑重地道个诀别，然后硬着头皮抛弃它，再向前走。过后我也曾自笑这痴态，而且明明晓得这些是人生中惜不胜惜的琐事；然而那种悲哀与疑惑确实地充塞在我的心头，使我不得不然！

在热闹的地方，忙碌的时候，我这种疑惑与悲哀也会被压抑在心的底层，而安然地支配取舍各种事物，不复作如前的痴态。间或在动作中偶然浮起一点疑惑与悲哀来；然而大众的感化与现实的压迫的力非常伟大，立刻把它压制下去，它只在我的心头一闪而已。一到静僻的地方，孤独的时候，最是夜间，它们又全部浮出在我的心头了。灯下，我推开算术演草簿，提起笔来在一张废纸上信手涂写日间所谙诵的诗句："春蚕到死丝方尽，蜡炬成灰……"没有写完，就拿向灯火上，烧着了纸的一角。我眼看见火势孜孜地蔓延过来，心中又忙着和各个字道别。完全变成了灰烬之后，我眼前忽然分明现出那张字纸的完全的原形。俯视地上的灰烬，又感到了暗淡的悲哀：假定现在我要再见一见一分钟以前分明存在的那张字纸，无论托绅董、县官、省长、大总统，仗世界一切皇帝的势力，或尧舜、孔子、苏格拉底、基督等一切古代圣哲复生，大家协力帮我设法，也是绝对不可能的事了——但这种奢望我决计没有。我只是看看那堆灰烬，想在没有区别的微尘中认识各个字的死骸，找出哪一点是春字的灰，哪一点是蚕字的灰。……又想象它明天朝晨被此地的仆人扫除出去，不知结果如何：倘然散入风中，不知它将分飞何处？春字的灰飞入谁家，蚕字的灰飞入谁家？……倘然混入泥土中，不知它将滋养哪几株植物？……都是渺茫不可知的千古的大疑问了。

吃饭的时候，一颗饭粒从碗中翻落在我的衣襟上。我顾视这颗饭粒，不想则已，一想又惹起一大篇的疑惑与悲哀来：不知哪一天哪一个农夫在哪一处田里种下一批稻，就中有一株稻穗上结着煮成这颗饭粒的谷。这粒谷又不知经过了谁的刈、谁的磨、谁的舂、谁的粜，而到了我们的家里，现在煮成饭粒，而落在我的衣襟上。这种疑问都可以有确实的答案；然而除了这颗饭粒自己晓得以外，世间没有一个人能调查，回答。

袋里摸出来一把铜板，分明个个有复杂而悠长的历史。钞票与银洋经过人手，有时还被打一个印；但铜板的经历完全没有痕迹可寻。它们之中，有的曾为街头的乞丐的哀愿的目的物，有的曾为劳动者的血汗的代价，有的曾经换得一碗粥，救济一个饿夫的饥肠，有的曾经变成一粒糖，塞住一个小孩的啼哭，有的曾经参与在盗贼的赃物中，有的曾经安眠在富翁的大腹边，有的曾经安闲地隐居在茅厕的底里，有的曾经忙碌地兼备上述的一切的经历。且就中又有的恐怕不是初次到我的袋中，也未可知。这些铜板倘会说话，我一定要尊它们为上客，恭听它们历述其漫游的故事。倘然它们会记录，一定每个铜板可著一册比《鲁滨孙漂流记》更奇离的奇书。但它们都像死也不肯招供的犯人，其心中分明秘藏着案件的是非曲直的实情，然而死也不肯泄露它们的秘密。

现在我已行年三十，做了半世的人，那种疑惑与悲哀在我胸中，分量日渐增多；但刺激日渐淡薄，远不及少年时代以前的新鲜而浓烈了。这是我用功的结果。因为我参考大众的态度，看他们似乎全然不想起这类的事，饭吃在肚里，钱进入袋里，就天下太平，梦也不做一个。这在生活上的确大有实益，我就拼命以大众为师，学习他们的幸福。学到现在三十岁，还没有毕业。所学得的，只是那种疑惑与悲哀的刺激淡薄了一点，然其分量仍是跟了我的经历而日渐增多。我每逢辞去一个旅馆，无论其房间何等坏，臭虫何等多，临去的时候总要低徊一下子，想起"我有否再住这房间的一日"？又慨叹"这是永远的诀别了"！每逢下火车，无论这旅行何等劳苦，邻座的人何等可厌，临走的时候总要发生一种特殊的感想："我有否再和这人同座的一日？恐怕是对他永诀了！"但这等感想的出现非常短促而又模糊，像飞鸟的黑影在池上掠过一般，真不过数秒间在我心头一闪，过后就全无其事。我究竟已有了学习的功夫了。然而这也全靠在老师——大众——面前，方始可能。一旦不见了老师，而离群索居的时候，我的故态依然复萌。现在正是其时：春风从窗中送进一片白桃花的花瓣来，落在我的原稿纸上。这分明是从我家的院子里的白桃花树上吹下来的，然而有谁知道它本来生在哪一枝头的哪一朵花上呢？窗前地上白雪一般的无数的花瓣，分明各有其故枝与故蒂，谁能一一调查其出处，使它们重归其故蒂呢？疑惑与悲哀又来袭击我的心了。

总之，我从幼时直到现在，那种疑惑与悲哀不绝地袭击我的心，始终不能解除。我的年纪越大，知识越富，它的袭击的力也越大。大众的榜样的压迫越严，它的反动也越强。倘一一记述我三十年来所经验的此种疑惑与悲哀的事例，其卷帙一定可同《四库全书》《大藏经》争多。然而也只限于我一个人在三十年的短时间中的经验；较之宇宙之大，世界之广，物类之繁，事变之多，我所经验的真不啻恒河中的一粒细沙。

我仿佛看见一册极大的大账簿，簿中详细记载着宇宙间世界上一切物类事变的过去、现在、未来三世的因因果果。自原子之细以至天体之巨，自微生虫的行动以至混沌的大劫，无不详细记载其来由、经过与结果，没有万一的遗漏。于是我从来的疑惑与悲哀，都可解除了。不倒翁的下落，手杖的结果，灰烬的去处，一一都有记录；饭粒与铜板的来历，一一都可查究；旅馆与火车对我的因缘，早已注定在项下；片片白桃花瓣的故尊，都确凿可考。连我所屡次叹为永不可知的、院子里的沙堆的沙粒的数目，也确实地记载着，下面又注明哪几粒沙是我昨天曾经用手掬起来看过的。倘要从沙堆中选出我昨天曾经掬起来看过的沙，也不难按这账簿而探索——凡我在三十年中所见、所闻、所为的一切事物，都有极详细的记载与考证，其所占的地位只有书页的一角，全书的无穷大分之一。

我确信宇宙间一定有这册大账簿。于是我的疑惑与悲哀全都解除了。

初冬浴日漫感

　　离开故居一两个月，一旦归来，坐到南窗下的书桌旁时第一感到异样的，是小半书桌的太阳光。原来夏已去，秋正尽，初冬方到，窗外的太阳已随分南倾了。

　　把椅子靠在窗缘上，背着窗坐了看书，太阳光笼罩了我的上半身。它非但不像一两月前地使我讨厌，反使我觉得暖烘烘地快适。这一切生命之母的太阳似乎正在把一种祛病延年，起死回生的乳汁，通过了他的光线而流注到我的体中来。

　　我掩卷冥想：我吃惊于自己的感觉，为什么忽然这样变了？前日之所恶变成了今日之所欢；前日之所弃变成了今日之所求；前日之仇变成了今日之恩。张眼望见了弃置在高阁上的扇子，又吃一惊。前日之所欢变成了今日之所恶；前日之所求变成了今日之所弃；前日之恩变成了今日之仇。

忽又自笑"夏日可畏，冬日可爱"[1]，以及"团扇弃捐"[2]，乃古之名言，夫人皆知，又何足吃惊？于是我的理智屈服了。但是我的感觉仍不屈服，觉得当此炎凉递变的交代期上，自有一种异样的感觉，足以使我吃惊。这仿佛是太阳已经落山而天还没有全黑的傍晚时光：我们还可以感到昼，同时已可以感到夜。又好比一脚已跨上船而一脚尚在岸上的登舟时光：我们还可以感到陆，同时已可以感到水。我们在夜里固皆知道有昼，在船上固皆知道有陆，但只是"知道"而已，不是"实感"。我久被初冬的日光笼罩在南窗下，身上发出汗来，渐渐润湿了衬衣。当此之时，浴日的"实感"与挥扇的"实感"在我身中混成一气，这不是可吃惊的经验吗？

于是我索性抛书，躺在墙角的藤椅里，用了这种混成的实感而环视室中，觉得有许多东西大变了相。有的东西变好了：像这个房间，在夏天常嫌其太小，洞开了一切窗门，还不够，几乎想拆去墙壁才好。但现在忽然大起来，大得很！不久将要用屏帏把它隔小来了。又如案上这把热水壶，以前曾被茶缸驱逐到碗橱的角里，现在又像纪念碑似地矗立在眼前了。棉被从前在伏日里晒的时候，大家讨嫌它既笨且厚；现在铺在床里，忽然使人悦目，样子也薄起来了。沙发椅子曾经想卖掉，现在幸而没有人买去。从前曾经想替黑猫脱下皮袍子，现在却羡慕它了。反之，有的东西变坏了：像风，从前人遇到了它都称"快哉！"欢迎它进来。现在渐渐拒绝它，不久要像防贼一样严防它

---

1 语出西晋学者杜预为《左传·文公七年》所作的注释。作者在这里引用此句，表示同样是太阳，在夏天酷热使人害怕，在冬天却温暖使人喜爱。

2 汉代班婕妤在《团扇歌》中有云："常恐秋节至，凉意夺炎热。弃捐箧笥中，恩情中道绝。"夏天宠的团扇，转眼到了秋天就被冷落，丢进箱中，喻自己失宠于君王的宫廷生活。

入室了。又如竹榻，以前曾为众人所宝，极一时之荣。现在已无人问津，形容枯槁，毫无生气了。壁上一张汽水广告画。角上画着一大瓶汽水，和一只泛溢着白泡沫的玻璃杯，下面画着海水浴图。以前望见汽水图口角生津，看了海水浴图恨不得自己做了画中人，现在这幅画几乎使人打寒噤了。裸体的洋囡囡趺坐在窗口的小书架上，以前觉得它太写意，现在看它可怜起来。希腊古代名雕的石膏模型 Venus（维纳斯）立像，把裙子褪在大腿边，高高地独立在凌空的花盆架上。我在夏天看见她的脸孔是带笑的，这几天望去忽觉其容有戚，好像在悲叹她自己失却了两只手臂，无法拉起裙子来御寒。

其实，物何尝变相？是我自己的感觉变叛了。感觉何以能变叛？是自然教它的。自然的命令何其严重：夏天不由你不爱风，冬天不由你不爱日。自然的命令又何其滑稽：在夏天定要你赞颂冬天所诅咒的，在冬天定要你诅咒夏天所赞颂的！

人生也有冬夏。童年如夏，成年如冬；或少壮如夏，老大如冬。在人生的冬夏，自然也常教人的感觉变叛，其命令也有这般严重，又这般滑稽。

原本我们初生入世的时候，最初并不提防到这世界是如此狭隘而使人窒息的。

我们虽然由儿童变成大人，然而我们这心灵是始终一贯的心灵，即依然是儿时的心灵，只不过经过许久的压抑，所有的怒放的、炽热的感情的萌芽，屡被磨折，不敢再发生罢了。这种感情的根，依旧深深地伏在做大人后的我们的心灵中。这就是"人生的苦闷"根源。

我们谁都怀着这苦闷，我们总想发泄这苦闷，以求一次人生的畅快。艺术的境地，就是我们所开辟的、来发泄这生的苦闷的乐园。我们的身体被束缚于现实，匍匐在地上。然而我们在艺术的生活中，可以暂时放下我们的一切压迫与负担，解除我们平日处世的苦心，而做真的自己的生活，认识自己的奔放的生命。我们可以瞥见"无限"的姿态，可以体验人生的崇高、不朽，而发现生的意义与价值了。艺术教育，就是教人以这艺术的生活的。知识、道德，在人世间固然必要，然倘若缺乏这种艺术的生活，纯粹的知识与道德全是枯燥的法则的网。这网愈加繁多，人生愈加狭隘。

所谓艺术的生活，就是把创作艺术、鉴赏艺术的态度来应用在人生中，即教人在日常生活中看出艺术的情味来。倘能因艺术的修养，而得到了梦见这美丽世界的眼睛，我们所见的世界，就处处美丽，我们的生活就处处滋润了。

艺术教育就是教人用像作画、看画一样的态度来对世界；换言之，就是教人学做孩子，就是培养小孩子的这点"童心"，使他们长大以后永不泯灭。童心，在大人就是一种"趣味"。培养童心，就是涵养趣味。大人与孩子，分居两个不同的世界。儿童对于人生自然，另取一种特殊的态度，即对于人生自然的"绝缘"的看法。哲学地考察起来，"绝缘"的正是世界的"真相"，即艺术的世界正是真的世界。人类最初，天生是和平的、爱的。所以小孩子天生有艺术态度的基础。世间教育儿童的人，父母、老师，切不可斥儿童的痴呆，切不可把儿童大人化，宁可保留、培养他们的一点痴呆，直到成人以后。因为这痴呆就是童心。童心，在大人就是一种"趣味"。培养童心，就是涵养趣味。小孩子的生活，全是趣味本位的生活。我所谓培养，就是做父母、做老师的人，应该乘机助长，修正他们的对于事物的看法。要处处离去因袭，不守传统，不照习惯，而培养其全新的、纯洁的"人"的心。对于世间事物，处处要教他用这个全新的纯洁的心来领受，或用这个全新的纯洁的心来批判选择而实行。

认识千古大谜的宇宙与人生的，便是这个心。得到人生的最高愉悦的，便是这个心。赤子之心。

孟子说："大人者，不失其赤子之心者也。"所谓赤子之心，就是孩子的本来的心，这心是从世外带来的，不是经过这世间的造作后的心。明言之，就是要培养孩子的纯洁无疵、天真烂漫的真心，使成人之后，"不为物诱"，能主动地观察世间，矫正世间，不致被动地盲从这世间已成的习惯，而被世间结成的罗网所羁绊。

常人抚育孩子，到了渐渐成长，渐渐脱去其痴呆的童心而成为大人模样的时代，父母往往喜慰，实则这是最可悲哀的现状！因为这是尽行放失其赤子之心，而为现世的奴隶了。

随感十三则

一

花台里生出三枝扁豆秧来。我把它们移种到一块空地上，并且用竹竿搭一个棚，以扶植它们。每天清晨为它们整理枝叶，看它们欣欣向荣，自然发生一种兴味。那蔓好像一个触手，具有可惊的攀缘力。但究竟因为不生眼睛，只管盲目地向上发展，有时会钻进竹竿的裂缝里，回不出来，看了令人发笑。有时一根长条独自脱离了棚，颤袅地向空中伸展，好像一个摸不着壁的盲子，看了又很可怜。这等时候便需我去扶助。扶助了一个月之后，满棚枝叶婆娑，棚下已堪纳凉闲话了。

有一天清晨，我发现豆棚上忽然有了大批的枯叶和许多软垂的蔓，惊奇得很。仔细检查，原来近地面处一支总干，被不知什么东西伤害了。未曾全断，但不绝如缕。根上的养分通不上去，凡属这总干的枝叶就全部枯萎，眼见得这一族快灭亡了。

这状态非常凄惨，使我联想起世间种种的不幸。

二

有一种椅子，使我不易忘记：那坐的地方，雕着一只屁股的模子，中间还有一条凸起，坐时可把屁股精密地装进模子中，好像浇塑石膏模型一般。

大抵中国式的器物，以形式为主，而用身体去迁就形式。故椅子的靠背与坐板成九十度角，衣服的袖子长过手指。西洋式的器物，则以身体的实用为主，形式即由实用产生。故缝西装须量身体，剪刀柄上的两个洞，也完全依照手指的横断面的形状而制造。那种有屁股模子的椅子，显然是西洋风的产物。

但这已走到西洋风的极端，而且过分了。凡物过分必有流弊。像这种椅子，究竟不合实用，又不雅观。我每次看见，常误认它为一种刑具。

三

散步中，在静僻的路旁的杂草间拾得一个很大的钥匙。制造非常精致而坚牢，似以巩固的大洋箱上的原配。不知从何人的手中因何缘而落在这杂草中的？我未被"路不拾遗"之化，又不耐坐在路旁等候失主的来寻；但也不愿把这个东西藏进自己的袋里去，就擎在手中走路，好像采得了一朵野花。

我因此想起《水浒》中五台山上挑酒担者所唱的歌："九里山前作战场，牧童拾得旧刀枪……"这两句怪有意味。假如我做了那个牧童，拾得旧刀枪时定有无限的感慨：不知那刀枪的柄曾经受过谁人的驱使？那刀枪的尖曾经吃过谁人的血肉？又不知在它们的活动之下，曾经害死了多少人之性命。

也许我现在就同"牧童拾得旧刀枪"一样。在这个大钥匙塞在大洋箱的键孔中时的活动之下，也曾经害死过不少人的性命，亦未可知。

四

翻开十年前堆塞着的一箱旧物来，一一检视，每一件东西都告诉我一段旧事。我仿佛看了一幕自己为主角的影戏。

结果从这里面取出一把油画用的调色板刀，把其余的照旧封闭了，塞在床底下。但我取出这调色板刀，并非想描油画。是利用它来切芋艿，削萝卜吃。

这原是十余年前我在东京的旧货摊上买来的。它也许曾经跟随名贵的画家，指挥高价的油画颜料，制作出帝展一等奖的作品来博得沸腾的荣誉。现在叫它切芋艿，削萝卜，真是委屈了它。但芋艿，萝卜中所含的人生的滋味，也许比油画中更为丰富，让它尝尝吧。

五

十余年前有一个时期流行用紫色的水写字。买三五个铜板洋青莲，可泡一大瓶紫水，随时注入墨匣，有好久可用。我也用过一会儿，觉得这固然比磨墨简便。但我用了不久就不用，我嫌它颜色不好，看久了令人厌倦。

后来大家渐渐不用，不久此风便熄。用不厌的，毕竟只有黑色和蓝色：东洋人写字用黑。黑由红黄蓝三原色等量混和而成，三原色具足时，使人起安定圆满之感。因为世间一切色彩皆由三原色产生，故黑色中包含着世间一切色彩了。西洋人写字用蓝，蓝色在三原色中为寒公，少刺激而沉静，最可亲。故用以写字，使人看了也不会厌倦。

紫色为红蓝两色合成。三原色既不具足，而性又刺激，宜其不堪常用。但这正是提倡白话文的初期，紫色是一种蓬勃的象征，并非偶然的。

六

孩子们对于生活的兴味都浓。而这个孩子特甚。

当他热衷一种游戏的时候，吃饭要叫五六遍才来，吃了两三口就走，游戏中不得已出去小便，常常先放了半场，勒住裤腰，走回来参加一歇游戏，再去放出后半场。看书发现一个疑问，立刻捧了书来找我，茅坑间里也会找到过来。得了解答，拔脚便走，常常把一只拖鞋遗剩在我面前的地上而去。直到划袜走了七八步方才觉察，独脚跳回来取鞋。他有几个星期热衷于搭火车，几个星期热衷于着象棋，又有几个星期热衷于查《王云五大词典》，现在正热衷于捉蟋蟀。但凡事兴味一过，便置之不问。无可热衷的时候，镇日没精打采，度日如年，口里叫着"饿来！饿来！"，其实他并不想吃东西。

卷六 这样人生，如此安好 ……

235

七

有一回我画一个人牵两只羊，画了两根绳子。有一位先生教我：
"绳子只要画一根。牵了一只羊，后面的都会跟来。"我恍悟自己阅
历太少。后来留心观察，看见果然：前头牵了一只羊走，后面数十只
羊都会跟去。无论走向屠场，没有一只羊肯离群众而另觅生路的。

后来看见鸭子也如此。赶鸭的人把数百只鸭放在河里，不须用绳
子系住，群鸭自能互相追随，聚在一块。上岸的时候，赶鸭的人只要
赶上一二只，其余的都会跟了上岸。无论在四通八达的港口，没有一
只鸭肯离群众而走自己的路的。

牧羊的和赶鸭的就是利用它们这种模仿性，以完成他们自己的
事业。

八

每逢赎得一剂中国药品来，小孩们必然聚拢来看拆药。每逢打开
一小包，他们必然惊奇叫喊。有时一齐叫道："啊！一包瓜子！"有
时大家笑起来："哈哈！四只骰子！"有时惊奇得很："咦！这是洋
囡囡的头发呢！"又有时吓了一跳："啊唷！许多老蝉！"……病人
听了这种叫声，可以转颦为笑。自笑为什么生了病要吃瓜子，骰子，
洋囡囡的头发呢，或老蝉呢？看药方也是病中的一种消遣。药方前面
的脉理大都乏味，后面的药名却怪有趣。这回我所服的，有一种叫作
"知母"，有一种叫作"女贞"，名称都很别致。还有"银花"，"野
蔷薇"，好像新出版的书的名目。

吃外国药没有这种趣味。中国数千年来为世界神秘风雅之国，这特色在一剂药里也很显明地表示着，来华考察的外国人，应该多吃几剂中国药回去。

九

《项脊轩志》里归熙甫描写自己闭户读书之久，说"能以足音辨人"。我近来卧病之久，也能以足音辨人。房门外就是扶梯，人在扶梯走上走下，我不但能辨别各人的足音，又能在一人的足音中辨别其所为何来。"这回是徐妈送药来了？"果然。"这回是五官送报纸来了？"果然。

记得从前寓居在嘉兴时，大门终日关闭。房屋进深，敲门不易听见，故在门上装一铃索。来客拉索，里面的铃响了，人便出来开门。但来客极稀，总是这几个人。我听惯了，也能以铃声辨人，有时一个顽童或闲人经过门口，由于手痒或奇妙的心理，无端把铃索拉几下就逃，开门的人白跑了好几回，但以后不再上当了。因为我能辨别他们的铃声中含有仓皇的音调，便置之不理了。

十

盛夏的某晚，天气大热，而且奇闷。院子里纳凉的人，每人隔开数丈，默默地坐着摇扇。除了扇子的微音和偶发的呻吟声以外，没有别的声响。大家被炎威压迫得动弹不得，而且不知所云了。

这沉闷的静默继续了约半小时之久。墙外的弄里一个嘹亮清脆而有力的叫声，忽然来打破这静默：

"今夜好热！啊咦——好热！"

院子里的人不期地跟着他叫："好热！"接着便有人起来行动，或者起立，或者欠伸，似乎大家出了一口气。炎威也似乎被这喊声喝退了些。

十一

尊客降临，我陪他们吃饭往往失礼。有的尊客吃起饭来慢得很：一粒一粒地数进口去。我则吃两碗饭只消五六分钟，不能奉陪。

我吃饭快速的习惯，是小时在寄宿学校里养成的。那校中功课很忙，饭后的时间要练习弹琴。我每餐连盥洗只限十分钟了事，养成了习惯。现在我早已出学校，可以无须如此了，但这习惯仍是不改。我常自比于牛的反刍：牛在山野中自由觅食，防猛兽迫害，先把草囫囵吞入胃中，回洞后再吐出来细细嚼食，养成了习惯。现在牛已被人关在家喂养，可以无须如此了，但这习惯仍是不改。

据我推想，牛也许是恋慕着野生时代在山中的自由，所以不肯改去它的习惯。

十二

新点着一支香烟，吸了三四口，拿到痰盂上去敲烟灰。敲得重了些，雪白而长长的一支大美丽香烟翻落在痰盂中，"吱"地一声叫，溺死在污水里了。

我向痰盂怅望，嗟叹了两声，似有"一失足成千古恨"之感。我觉得这比丢弃两个铜板肉痛得多。因为香烟经过人工的制造，且直接有惠于我的生活。故我对于这东西本身自有感情，与价钱无关。两角钱可买二十包火柴。照理，丢掉两角钱同焚去二十包火柴一样。但丢掉两角钱不足深惜，而焚去二十包火柴人都不忍心做。做了即使别人不说暴殄天物，自己也对不起火柴。

十三

一位开羊行的朋友为我谈羊的话。据说他们行里有一只不杀的老羊，为它颇有功劳：他们在乡下收罗了一群羊，要装进船里，运往上海去屠杀的时候，群羊往往不肯走上船去。他们便牵这老羊出来。老羊向群羊叫了几声，奋勇地走到河岸上，蹲身一跳，首先跳入船中。群羊看见老羊上船了，便大家模仿起来，争先恐后地跳进船里去。等到一群羊全部上船之后，他们便把老羊寄上岸来，仍旧送回棚里。每次装羊，必须央这老羊引导。老羊因有这点功劳，得保全自己的性命。

我想，这不杀的老羊，原来是该死的"羊奸"。